당신의 가장 중심

사진 **김미영**

차례

제24회 「신라문학대상」, 2016년 「국제신문」 신춘문예에 소설이 당선되며 작품 활동을 시작했다. 2019년 현진건 문학상 추천작을 수상했으며 소설집 『볼리비아 우표』, 앤솔러지 『나, 거기 살아』(공저)가 있다.
zeromy10@hanmail.net

강
이
라

수국은
거짓말을
하지 않아

우지은과 만나기로 한 곳은 개천 옆 작은 플리 마켓이었다.

봄비가 장마처럼 지나간 다음날이었다.

강변으로 빠지는 마지막 징검다리에서 건너요.

징검다리에 이르러서야 나는 징검돌 몇 개가 물아래 잠겨 있다는 걸 알았다. 건너 둔치로 마켓의 아치 입구가 보였다. 나는 두리번거리다 가까운 계단을 찾아 올라갔다.

마스크를 쓰고 있음에도 우지은은 볕 속에 유독 돋을새김 되어 눈에 쉽게 띄었다. 무릎 아래까지 내려오는 헐렁한 먹색 원피스를 허리에서 질끈 동여매 입었고 진주황의 마름모 패턴이 들어간 남성 중절모는 머리에 얹어 놓은 -정

말 그런 모양새였다- 모양에 성탄절 벽난로에 걸어둘 법한
니 삭스를 색도 길이도 짝짝이로 신고 있었다. 허리께까지
흐른 검은 머리는 촘촘히 땋아 손목의 실팔찌와 같은 색의
끈으로 묶었다. 티티카카 호수에서 갈대배를 타고 출발해
바람과 파도를 따라 태평양을 건너 지금 막 이 플리 마켓에
도착한 사람 같았다. 볼 일이 끝나면 다시 갈대배를 타고
인도양을 지나 희망봉을 거쳐 집이 있는 대서양으로 돌아
가 두고 온 알파카의 저녁을 챙겨줄 듯했다.

알파카 인형 사세요. 페루 우앙카요에서 왔어요.

손바닥만 한 크기의 흰 알파카 인형 몇 개를 늘어놓은
박스 뒤에 서서 우지은은 두 팔을 높게 쳐든 채 이리저리
흔들어 댔다. 나는 등짐을 진 알파카 인형을 집어 들었다.

걔 이름은 호르헤고요. 제가 키우는 알파카 호르헤에
게서 얻은 털로 직접 만들었어요.

…… 얼마예요?

자가 격리 끝낸 첫날이고, 또 첫 손님이니까 특별히 싸
게 드리죠.

우지은이 모자를 가볍게 들었다 놓았다.

페루에서 왔거든요.

그제야 인형의 값을 매기는지 우지은이 고개를 외로 꼰

채 눈동자를 굴렸다. 나는 호르헤를 자리에 내려놓고는 마스크를 살짝 내려 보였다. 우지은이 반색하며 자리에서 펄쩍 뛰었다. 헐렁한 양말 한쪽이 발목으로 흘러내렸다.

에르네스토 아리수에뇨*.

악센트가 분명히 들어간 우지은의 발음은 마술사의 주문처럼 드라마틱했다. 이국의 언어에서 느껴지는 낯선 도취가 있었다. 허공을 향해 두 팔을 한껏 연 과장된 몸짓에는 무언극의 배우 같은 낭만적인 구석도 있어서 나는 홀린 듯 우지은이 가리킨 하늘을 올려다보았다. 우지은의 손에는 마술사의 비둘기 대신 노란 고무줄로 묶은 두루마리 하나가 들려 있었다. 의식을 마친 우지은이 마지막 바통을 넘기듯 내 손에 두루마리를 툭 건넸다.

고마워요.

수고비는 라떼로 받을게요. 아이스로 시럽 듬뿍. 얼음 많이. 빨대는 됐고요.

---

* 에르네스토 아리수에뇨(Ernesto Arrisueño)는 페루 화가이다.
현재 호주에 살고 있으며 주요 작품으로는 소원과 분홍장미, 구르는 돌, 고립된 수수께끼 등이 있다.
화가와의 인터뷰 일부분은 우먼카인드(womankind) 한국어판 vol.14에서 빌려왔다.

우지은은 캠핑 박스의 뚜껑을 열고는 안에서 텀블러 하나를 꺼내 내게 내밀었다.

모퉁이 커피 트럭에서 아이스 라떼 두 잔을 사서 돌아오니 우지은이 어린 커플을 상대하고 있었다. 남자애의 손에 호르헤가 들려 있었다. 또래로 보이는 여자애가 만 원을 건넸고 우지은은 오천 원을 거슬러 주었다.

남자 친구 생일이래요. 귀엽죠?

우지은은 백팩에서 낚시 의자 하나를 더 꺼내 펼치고는 내 쪽에 내려놓았다. 구경하는 사람들은 조금씩 늘었지만 알파카 인형이 전부인 우지은의 매대 앞은 내내 한산했다.

라떼는 말이야~

우지은이 흥얼거리며 라떼 두 잔에 갈색 빨대를 탁탁 꽂고는 제 몫의 텀블러를 가져갔다.

티티카카 호 갈대로 만든 빨대예요.

갈대 빨대의 구멍이 좁아서 나는 입술을 모아 있는 힘껏 음료를 빨아올려야 했다. 빨대를 입에 문 우지은의 양 볼이 볼우물처럼 패였다.

근데요. 이 그림, 그때 페루에서 사지 않았어요?

…….

나는 라떼를 발밑에 내려놓고는 무릎 위의 두루마리를

들어 노란 고무줄을 풀었다.

우지은과의 인연은 2년 전, 페루 리마의 한 미술관으로 거슬러 올라가는데 에르네스토 아리수에뇨의 전시회 마지막 날이었다. 인솔 교사를 따라 움직이던 학생들 무리에서 빠져나온 동양인 소녀가 혼자 관람 중이던 동양인 여행자에게 한국어로 말을 걸어왔다. 그때 나는 전시 팸플릿을 보고 있었다. 우지은이 선생님과 친구들에게 같은 나라 사람인 나를 소개하자 그들은 순박한 눈빛으로 환대해 주었다. 나는 자연스레 그들 무리에 섞여 전시실을 함께 돌았고 우지은은 미술 선생님의 설명을 한국어로 통역해 주었다. 한낮의 테이블 위로 꽃병이 보이고 꽃병에는 수국 몇 송이가 꽂혀 있어요. 진보랏빛 수국은 점점 퍼져나가 하늘과 들판을 가득 채웁니다. 짙푸른 하늘에는 민낮의 보름달이 떠있네요. 어느새 밤이군요. 이 그림은 꿈의 힘입니다. 미술관 앞에서 헤어지며 우리는 연락처를 주고받았고 남미 여행 카페 링크를 공유했다.

부탁받은 거였어요.

그럼 두 개를 사지 그랬어요?

여행자의 배낭은 작고 지갑은 가볍잖아요.

하긴…… 나도 백팩 하나 메고 들어왔어요.

한국엔, 왜 갑자기 들어온 거예요?

왔다기보다는…… 쫓겨난 거죠.

우지은이 입을 샐쭉이며 어깨를 쓱 올렸다. 그리고는 아까부터 박스 앞에 붙어 앉아 호르헤를 놓고 투닥거리던 초등학생 둘을 향해 시니컬하게 말했다.

둘 다 틀렸어. 이건 라마도 아니고 낙타도 아니야. 얘는 알파카야, 알파카.

아이들은 서로를 타박하듯 옆구리를 툭툭 밀쳤다.

잘 봐봐. 알파카는 귀가 이렇게…….

우지은은 박스 가까이 의자를 당겨 앉으며 아이들 앞에 호르헤를 내밀었다. 나는 자리를 내주며 뒤로 비켜 앉았다. 빗자국이 덜 마른 벽면에 기댄 우지은의 그림자와 마주 앉아 나는 그림의 끝을 잡고 말린 부분을 천천히 펴 나갔다.

오랜만에 다시 보는…… 꿈의 힘이었다.

막대사탕같이 생긴 마을이야.

늘봄이 운전석과 조수석의 창문을 내리며 말했다. 한쪽 볼이 볼록했다. 늘봄의 입에는 츄파춥스 레몬 맛이 물려 있었다. 몰려온 졸음을 쫓으려 콘솔박스를 뒤져 찾아낸 막대 사탕이었다. 고속도로를 벗어난 차는 국도에서 다시 지방도로로 빠져 한참을 달리고 있었다. 자를 대고 그은 것처럼 이차선 도로는 쭉 뻗어 있었고 양 옆으로는 추수를 앞둔 평야가 무한대에 가깝게 펼쳐져 있었다. 솟은 자리가 없으니 그늘진 자리도 없었다. 구름 몇 점의 그림자가 유일했으나 물그림자처럼 투명에 가까웠고 그마저도 바람에 쓸려 이내 흩어져 버렸다. 최대의 곡창 지대이자 아름다운 지평선의 고장이라는 수식어에 걸맞은 풍경이었다. 늘봄은 이 길의 끝에 마을 하나가 풍선 모양으로 걸려 있다고 했다. 바짝 누운 햇살이 늘봄이 앉은 운전석을 지나 내가 앉은 조수석의 창문 너머로까지 길게 늘어졌다. 늘봄은 왼손으로 손차양을 하며 고개를 같은 쪽으로 기울였다.

눈부시다.

눈이 마주쳤고 늘봄이 찡긋 윙크했다.

나는 창문 밖으로 팔을 내밀어 손을 활짝 펼쳐보았다. 손가락 새로 바람과 햇살, 논과 길과 하늘이 쑥쑥 빠져나갔다. 나는 손등에 물든 연홍시빛 햇살을 가만히 바라보았다.

근데 말이야.

늘봄이 룸미러로 흘깃 나를 보았다.

나 말이야…… 정말, 가도 괜찮아?

그러엄.

어떻게 소개할거야? 분명히 이것저것 물으실텐데…….

음…… 글쎄. 나이는 몇 살인지 대학은 나왔는지 형제는 어떻게 되는지 무슨 일 하는지 부모님은 뭐하시는지 모아둔 돈은 많은지 나이 많은 여자는 왜 좋아하는지 결혼은 생각하고 만나는지 등등 이런 거?

늘봄이 브레이크를 밟으며 길 한가운데에 차를 세우더니 나를 향해 돌아앉았다.

내릴래? 내려 줄까?

지금? 여기서?

내가 검지로 아래를 가리키며 어이없는 표정을 지었다. 늘봄이 물고 있던 막대사탕을 빼서 내 입에 쑥 밀어 넣고는 다시 액셀을 밟았다. 나는 막대사탕을 입안에서 몇 번쯤 굴리고는 마을 쪽으로 겨눠보았다. 소실점으로 만나는 길 끝에 지붕 색이 알록달록한 작은 마을이 보였다. 늘봄의 말대로 마을은 막대사탕에 딱 맞게 포개지는 둥근 모양이었다.

한국에도 이렇게 트인 곳이 있다니 신기하네.

늘봄이 핸들에 상체를 바짝 붙이고 목을 길게 빼어 앞

창 너머의 하늘을 보았다.

구름이 가볍다. 오랜만에 근사한 일몰을 보겠는걸.

외진 시골길은 몹시 한적해서 오고 가는 차가 거의 없었다. 경운기 한 대를 추월한 게 전부였다. 길은 마을 입구에 다다라 큰 은행나무를 기준으로 두 갈래로 갈라져 바깥쪽을 따라 크게 돌아나갔다. 은행나무는 족히 몇 백 년은 되어 보였다. 둥치는 성인 두 사람이 감싸 안을 정도로 충분히 굵었다. 반듯한 나무 몸통에 비해 가지와 이파리는 눈에 띄게 비대칭을 이루고 있었는데 한쪽의 줄기와 은행잎이 반대쪽에 비해 훨씬 빈약했다. 집과 집은 잎맥 같은 골목으로 이어져 있었다. 늘봄은 마을회관 앞쪽 공터에 후진해 차를 세웠다. 차에서 내린 늘봄이 회관 옆 가게로 성큼성큼 걸었다. 나는 조수석 문에 기대서서 미니 슈퍼라고 적힌 간판을 보았다. 도시에서는 이제 찾아보기 힘든 간판이었다. 색이 바래 글자의 뼈대만 남았다고 해도 좋을 정도로 오래돼 보였다. 미니 슈퍼. mini와 super.

늘봄을 포함해 여럿이 어울렸던 술자리에서의 기억이 문득 떠올랐다.

말이 돼? 이건 너무 극단적이잖아.

고개를 절레절레 흔들고 혀를 차며 무리 중 한 명이 말했다. 모두가 얼큰히 취해 느슨해진 분위기 속에서 취중 진담이 농담처럼 오가던 중이었다. 그는 연상녀연하남의 연애란, 어려서 엄마와의 애착 형성에 실패했거나 반대로 애정이 과잉된 철없는 남자와 제때 출산과 육아를 경험하지 못해 모성애 발현의 기회를 놓친 딱한 여자의 아무 과녁 맞추기, 무분별한 감정의 오남용이라는 기괴한 해석을 갈겨 놓고는 천천히 팔짱을 끼며 나와 늘봄을 번갈아 보았다. 늘봄은 말없이 십여 초쯤 그를 노려보기만 하다가 돌변해서 웃음을 터뜨렸다. 고개를 젖히고 목젖이 보이도록 한참을 웃다가 돌연 표정을 바꿔 앞에 놓인 술병을 집어 들었다. 흠칫 놀란 남자가 반사적으로 상체를 틀며 뒤로 물러났다. 늘봄은 그와 자신의 잔에 술을 넘치게 채웠다.

심리 철학 전공이시라고요. 아무래도 그쪽은, 항문으로 학문을 했나 봅니다. 프로이트 식으로 접근해 본다면 구강기나 항문기를 제대로 보내지 못한 탓이겠지요.

늘봄은 잔을 높게 들어 보이고는 한 입에 털어 넣었다.

안경에만 다초점이 필요할까요? 세상을 현미경으로만 들여다보지 말고 망원경으로도 좀 바라보세요. 우물 안 개구리처럼 개굴개굴거리지 말구요.

늘봄은 얼굴이 시뻘게진 그에게 술값은 모성애가 남아

도는 자기가 계산하겠노라고 말하고는 자리에서 일어섰다.

미니 슈퍼의 여닫이문이 마저 열렸고 한 할머니가 보였다. 왜소한 몸이어서 언뜻 작은 아이처럼 보였다. 잔꽃 무늬가 들어간 머릿수건 아래 짧은 흰머리가 빽빽했다. 싸개 단추로 채운 남색 조끼와 푸른색의 바지를 입고 있었는데 다시 보니 청바지였다. 할머니는 잰걸음으로 나를 향해 곧장 걸어왔고 나는 쭈뼛거리며 옆으로 비켜섰다.

핸우?

할머니는 내 앞에 우뚝 서더니 허리를 빳빳하게 폈다.

자네가 서늘봄이 친구, 핸우?

네? 아……네! 안녕하세요.

한 박자 늦게 눈치를 챈 나는 급히 재킷 앞섶을 바로하며 두 손을 모았다.

반갑소. 나는 서팽화라오. 서늘봄 외조모요.

김, 현우입니다.

할머니가 주먹 쥔 손을 내 얼굴 가까이 들이밀었다.

요샌 악수하면 안 돼.

나는 주먹을 쥐어 할머니의 주먹에 살짝 댔다.

늘봄이 이름은 내가 지었어. 왜 서늘봄인지는 아나?

서늘한 봄에 태어나서…… 늘봄이라 지었다고 들었습

니다.

할머니가 말끝을 흐리는 걸 제일 싫어한다던 늘봄의 말이 떠올라 나는 얼른 말끝을 오므렸다.

늘봄이란 이름에는 한자가 없네. 그것도 아나?

중학교 한문 시험에 한자로 이름 쓰기가 나온 적이 있다고 늘봄이 말했었다.

걔 태어나고 출생신고하러 읍사무소에 갔더니 거기 직원이 이름에 한자가 없으면 안 된대. 없어 못 적는다 했더니 늘봄이 항상 봄이란 뜻 아니냐고 물어. 그런 뜻도 있다 했더니 그럼 한자로 항상 상에 봄 춘을 쓰는 건 어떠냐고 꾀길래 아나, 개야 짖어라 하고 돌아 나왔지. 서늘봄이 서상춘이 될 뻔 한 곡절이여.

읍사무소 직원과 할머니의 팽팽한 기싸움에서 공식적인 승자는 할머니였지만 신고 기한을 넘기는 바람에 벌금을 문 사람도 할머니였다. 늘봄은 그런 할머니의 기질을 그대로 물려받았다. 주관식 답란에 성은 한자로, 이름은 한글로 써냈음에도 영 점 처리되자 늘봄은 한문 선생님을 찾아가 이의를 제기했고 몰라서 못 씀과 없어서 안 씀에 대한 배점 처리가 어떻게 같아야 하는지에 대한 학교와 학과 측의 타당한 설명을 요구하며 할머니가 떼다 준 주민등록등

본을 증빙 자료로 제출했다.

성씨는 나랑 즈그 엄마한테서 받은 것이고.

할머니의 목소리에는 못내 자부심이 가득했다. 마침 늘봄이 검은 봉지를 흔들며 가게에서 나왔다. 다른 학생과의 형평성을 고려한 학교 측에서는 늘봄의 이의를 부분 수용하며 모든 학생의 답을 정답 처리하는 걸로 마무리했다.

할머니. 막걸리가 두 병 밖에 없대요. 저녁때나 돼야 더 들어온대요.

핸우군은 막걸리 좋아하나? 나는 좋아하네.

잘 마시지는 못하고 한두 잔은 합니다.

담배도 좋아했는데 몇 년 전에 끊었어. 하도 지랄해서.

할머니가 턱짓으로 늘봄을 가리키고는 앞장서서 은행나무의 오른쪽을 잡아 걸었다. 가지와 이파리가 적은 쪽이었다. 늘봄이 할머니 뒤를 따라 걸었고 나는 큰 걸음으로 늘봄의 옆에 바투 다가갔다.

할머니…… 리바이스 입으셨어.

청바지 입어보고 싶다고 하셔서 사드렸더니 잘 입으시네. 골반이 작아 그런가 출산을 안 해 그런가. 호호백발 할머닌데도 핏이 나쁘지 않아.

늘봄이 멈춰 서더니 자신의 바지핏을 앞뒤로 살폈다.

연청색 보이프렌드 핏의 바지에 올리브색 오버사이즈 셔츠를 내어 입은 늘봄의 스타일은 무심하면서도 멋스러웠는데 때가 적당히 묻은 컨버스 운동화와도 잘 어울렸다. 파마를 해 본 적이 없는 늘봄의 갈색머리는 어깨 높이에서 느슨하게 묶여 있었다. 나는 늘봄에게서 할머니로 시선을 옮겼다. 늘봄의 뒷모습이 할머니의 뒷모습에 하나로 포개졌다.

리바이스 입은 할머니라. 멋진데요.

우지은이 갈대 빨대의 끝을 앞니로 가볍게 물었다 놓았다.

늘봄이 할머니를 많이 닮았어요. 당당하고 솔직하고 거리낌이 없었죠.

말끝이 촉촉하고 과거형인 걸 보니 지금은 헤어졌나보네요.

그 그림, 늘봄이 부탁한 거였어요. 페루 여행 중에 카페에 올린 제 글을 본 늘봄이 댓글을 달았죠. 한국에서는 에르네스토 아리수에뇨 그림을 통 구할 수가 없다면서.

아하. 그렇게 처음 만난 거군요.

우지은이 고개를 까닥이고는 의자 등받이에 몸을 기댔다.

고맙다며 밥을 사길래 내가 커피를 샀더니 늘봄이 술을 사겠다더군요. 술집으로 걸어가는데 다이소가 보여서 그림을 넣을 액자도 같이 골랐죠.

꿈의 힘은 헤어진 여친이 좋아하던 그림이잖아요. 현우님이 그 그림을 다시 찾을 이유가 있을까요. 굳이 말이죠.

나는…… 사랑의 끝이 반드시 사람과의 끝이라고 생각하지 않아요. 연인으로는 끝나지만 인연으로는 남는 경우도 종종 있어요.

나는 꿈의 힘을 구겨지지 않도록 크게 말아 화구통에 넣었다. 우지은이 둥글게 만 양 손가락 끝을 톡톡 치며 나를 지그시 바라보았다.

아…….

집 앞의 마당은 그대로 꽃천지였다. 온통 붉었다. 한 품종 뿐인 꽃밭은 흡사 자연 군락지 같았다. 가장자리가 톱니 모양인 초록 이파리들이 가는 줄기를 타고 차곡차곡 쌓여 올라간 끝자리에 큰 꽃이 피어 있었는데 붉은 나비 수십 마리가 머리를 맞대고 둘러앉은 것처럼 보였다. 붉은 꽃이불을 덮고 누운 지평선 위로 반투명한 낮달이 가볍게 걸려 있었다.

이제 알겠지?

늘봄이 싱긋 웃으며 내 옆구리를 쿡 찔렀다. 늘봄은 에르네스토 아리수에뇨 그림 중에서도 특히 꿈의 힘을 좋아했다. 열린 화폭에 담긴 아득하고 오묘한 분위기와 공간의 확장성이 늙은 주술사의 쾌한 점괘 같아 스스로를 북돋우게 된다고 했다. 꿈보다 해몽이라고 생각했는데 이렇게 보니 늘봄의 말뜻이 이해되었다.

화가는 왜 이 그림에 꿈의 힘이란 제목을 붙였을까를 생각해봐. 테이블 위에 꽃병이 놓여 있고 꽃병에는 짙은 보라색의 수국 몇 송이가 꽂혀 있어. 그런데 신기하게도 그 수국은 위로 갈수록 더 많은 송이의 수국으로 번지고 마침내 온 하늘에 가득 차지. 푸른 밤, 하늘에는 목격자 같은 달이 떠 있어. 낮에서 밤으로, 부분에서 전체로, 유한에서 무한으로. 경계 없음. 꿈이 그런 거잖아. 그런 게 꿈 아니겠어?

현우는 늘봄의 집, 식탁 맞은편에 걸린 그 그림을 떠올렸다. 위축되지 않는 생을 살고 싶어, 라고 말한 사람이 늘봄이었을까 나였을까. 아니면 알몸으로 한 몸이 되어 그림을 바라보던 둘의 합송이었을까.

핸, 우.

작지만 분절된 발음에 나는 선잠에서 깨어나듯 등을 펴며 고개를 돌렸다.

받게.

할머니는 술잔을 내게 건네며 막걸리를 따랐다. 내가 엉거주춤 일어서며 두 손으로 술잔을 받쳐들자 할머니는 한 팔을 크게 내저었다. 나는 댓돌 위에 두 발을 모으고 가득 찬 술잔을 들여다보았다. 쌀로 유명한 곳의 막걸리라 그런지 술빛이 쌀뜨물처럼 맑고 뽀얬다.

짧은 인생, 권커니 잣거니는 생략하자고.

술잔을 입으로 가져가는 할머니에게서 몸을 돌리며 나는 막걸리를 한 모금 마셨다. 밥알을 꼭꼭 씹었을 때의 들큰한 단맛이 어금니 아래에서부터 혀끝으로 올라왔다. 바로 앉으니 할머니가 혀를 차며 다시 손을 내저었다. 그리고는 빈 잔을 앞마당을 향해 탈탈 털었다.

유월에는 수국이지. 지금이 한창이야. 꽃이 지면 장마일세.

기척에 돌아보니 늘봄이 한 손에는 사기 접시를, 다른 한 손에는 젓가락을 든 채 발로 부엌문을 닫고 있었다. 나와 할머니는 몸을 뒤로 물리며 늘봄이 들어앉을 자리를 내주었다. 늘봄은 정삼각형의 마지막 꼭짓점을 찍듯 자리에 앉으며 가운데에 접시를 내려놓고는 할머니와 내게 젓가락을 나누어 주었다. 배추전이었다.

손녀 좋아하는 거라고 미리 해 놓으셨네.

초간장은?

그냥 드세요. 짜게 드시면 몸에 해로워요.

늘봄이 젓가락을 양 손에 나눠 잡고 배추전을 한 입 거리로 길게 찢었다. 할머니와 늘봄의 잔을 마저 채우니 막걸리 한 병이 비었다. 늘봄이 남은 한 병을 꺼내 내 잔에 따라 주었다. 늘봄이 제 잔을 들어 할머니와 나의 잔에 짠, 짠 소리를 내며 가볍게 부딪쳤다. 배추전은 달고 고소했다. 배추전 한 조각에 술 한 입을 두어 번 반복하며 사이사이 풍경을 바라보았다. 초여름 햇살에 낮술의 기운이 올라서인지 풍경이 성큼 뒤로 물러나며 공간이 헐렁해지는 느낌이었다.

이렇게 붉은 수국은 처음 봐.

그래?

늘봄이 내 쪽으로 두 다리를 쭉 뻗으며 기지개를 켰다.

여기 수국이 처음부터 붉은 건 아니었다네. 오히려 죄다 파란색이었지. 아주 오래전에는.

할머니는 술잔을 두어 번 빙그르르 돌리고는 음미하듯 천천히 마셨다.

거기에는 사연이 있다네. 핸우, 궁금한가?

떠보는 말처럼 말끝을 늘이며 할머니는 늘봄을 흘깃 쳐다보았다.

또 시작이시다.

자리에서 일어난 할머니가 두 손을 조끼 깊숙이 찔러 넣은 채 상체를 기울이고는 내 얼굴을 이쪽저쪽으로 살폈다. 시선을 따라 덩달아 움직이는데 할머니가 갑자기 내 한쪽 어깨를 툭 밀쳤다.

내가 사람을 묻어서 그래. 저 밑에, 수국 밑에.

할머니이…….

늘봄이 못 말린다는 표정으로 고개를 가로저었다.

나는 농담이지 싶어 입꼬리를 일부러 끌어올리며 억지 웃음을 지었다.

진짜야. 여럿 묻었지. 미운 사람도 묻고 나쁜 사람도 묻고. 싫은 사람도 몇 명 묻었어.

할머니는 미간에 힘을 주며 누가 들을 새라 내 귀에 대고 속삭였다.

여자 혼자 살려면 묻을 인간이 어디 한두 명이겠는가.

안 그런가?

양쪽 눈꼬리가 처져 나는 웃는 것도 우는 것도 아닌 어정쩡한 표정을 짓고 말았다.

수국은 거짓말을 못하는 꽃이래. 땅 성질에 따라 색깔이 변하거든.

피란 다녀온 후부터 자꾸 붉은 꽃이 피는 거라. 동네 사람들이 내 뒤에서 수군대. 남자를 묻어 그렇다느니 젊은 과부가 살아 터가 쎄졌다느니. 기라고 해? 아니라고 해?

할머니는 잔에 남은 막걸리를 수국 밭으로 휙 뿌렸다.

보란 듯이 더 붉은 꽃을 만들었지.

내가 입모양으로 어떻게, 라고 묻자 늘봄이 계란 껍질, 하고 입을 벙긋대고는 막걸리를 빈 잔에 골고루 나누어 부었다.

1절은 여기까지.

할머니는 몹시 충족한 표정으로 늘봄이 건넨 잔을 받아 들었다.

근데 할머니. 엄마 어디 갔어요?

읍내.

읍내는 왜요?

꽁똔 쓰러 나갔어.

공돈? 돈이 어디서 났길래요?

핸우. 일어나게. 해넘이를 보러 가세.

할머니가 말을 딴 데로 돌리며 나를 채근했다. 내다보니 하늘빛이 바깥쪽부터 한층 짙어져 있었다. 마지못해 일어선 늘봄이 느릿느릿 맨발에 슬리퍼를 꿰신었다. 할머니는 벌써 문 밖이었다.

진짜야?

내가 턱으로 수국을 가리키자 늘봄이 어깨를 가볍게 들어 보였다.

그거 그거 추리소설에 나오는 트릭이잖아요. 수국 꽃색이 다른 걸 알아챈 눈 밝은 형사가 마당을 파서 시체를 찾아내고 결국 범인도 잡게 되는.

우지은이 선 채로 신이 나서 말했다. 막 알파카 인형 호르헤를 판 참이었다. 호르헤는 우지은이 파는 모든 알파카 인형의 이름이었다. 남은 호르헤는 이제 두 개였다.

정말, 할머니가 거기에 사람을 묻었다고요?

생각하기 나름이죠.

우지은은 허리를 접으며 목소리를 낮췄다. 오히려 그 모습이 과장스러워 주위의 시선을 끌 정도였다. 나는 몸을 뒤로 빼며 주변을 살폈다.

할머니는 육이오 때 할아버지 그러니까 남편과 단둘이 남쪽으로 피란을 갔어요. 겨우 열여섯이었고 시집간 지 석 달 만이었어요. 더 남쪽으로 내려오는 도중에 폭격이 있었고 그만 할아버지를 놓치게 되죠. 죽었는지 살았는지도 모른 채 할머니는 혼자서 부산으로 가요. 거기서 어느 의원에 얹혀살며 병원의 허드렛일을 거들게 되고요. 맞죠?

좀 전까지 내가 우지은에게 들려주었던 이야기였다.

전쟁이 끝나고 몇 년 뒤 할머니는 다시 고향으로 돌아오죠. 남편 없이 갓난 아이 하나만 들쳐업구요. 생각해 보세요. 동네 사람들 시선이 얼마나 따가웠을지. 욕은 또 얼마나 했겠어요.

그래서 할머니는 큰 개 한 마리를 얻어다 마당에 풀어놓았다고 했어요. 한겨울에는 아무도 장작을 빌려주지 않아서 마을 보호수인 은행나무의 가지를 잘라다가 불을 때는 바람에 파출소에도 잡혀갔었대요.

우지은이 엄지를 들어보였고 나는 고개를 가로 저었다.

아무리 말해도 누구 하나 사정을 봐 주지 않아서 벌금

문다고 더 고생하셨대요.

내가 할머니였어도 은행나무를 탔을걸요. 얼어 죽어 뭐하게요. 나무는 다시 자라요.

우지은의 말대로 은행나무의 잘린 가지는 곁가지를 내며 다시 자라고 있었다. 비난하고 손가락질했던 사람들이 세상을 뜬 지금에는 오히려 영웅 서사시 비슷하게 회자되는 중이라고 늘봄에게 들었다.

나는 격리 중에 스무 살이 되었어요.

뭔가를 생각하던 우지은이 뜬금없이 자신의 이야기를 꺼냈다.

한국에는 혼자 들어왔고 부모님은 우앙카요에서 알파카 목장을 하세요.

페루는 요즘도 상황이 안 좋아요?

그렇죠. 많이 힘들어요. 근데 제가 한국에 온 건 꼭 그 때문만은 아녜요.

한낮이 가까워지자 커피 트럭에는 시원한 음료를 사려는 사람들로 북적였다. 웬두 가는 소리에 우지은이 잠시 말을 멈췄다.

좋아하는 사람이 있어요. 고등학교 때 미술 선생님이었어요.

전시실 바닥에 동그랗게 모여 앉은 학생들 사이에서 유창한 에스파냐어로 꿈의 힘을 설명하던 마르고 섬세한 얼굴이 떠올랐다.

3년 내내 짝사랑만 하다가 졸업하자마자 고백을 했어요. 그걸 부모님이 어떻게 알았고 알자마자 바로 한국으로 보내버린 거예요.

왜요?

이혼남이고 나이도 나보다 스무 살이나 많아서 안 된대요. 부모님 말이 그래요. 뭘 어쩔 거냐고. 그래서 내가 당장 뭘 어쩔 생각은 없었는데 자꾸 물으니 정말 뭐라도 해야 할 것 같다고 말했어요. 나는 그저 그 사람이 좋다고 했을 뿐인데 막 몰아세우잖아요.

지은이 모자를 벗어 무릎 위에 내려놓고는 흘러내린 앞머리를 귀 뒤로 넘겼다.

지금 고모 집에 있는데 비행기 값 모으면 바로 돌아갈 거예요. 할머니 이야기를 들으며 결심했어요. 생각하더라도 돌아가서 거기서 다시 생각할 거예요.

그 사람과는 연락해요?

그럼요.

우지은이 원피스 주머니에서 폰을 꺼내 흔들어 보였다.

매일 서로의 안부를 물어요. 우리는 콤파니까요.

콤파……?

콤파는 친구예요. 페루말로.

단단한 목소리와 달리 우지은의 표정에는 상심과 고민이 담겨 있었다. 나는 아침에 보았던 징검다리를 떠올렸다. 징검돌 몇 개가 물 아래 잠겨 있었다. 우지은과 징검돌의 처지가 달라 보이지 않았다. 징검돌이 다시 수면 위로 올라오기 위해서 필요한 건 정도의 시간이다. 징검돌 스스로 할 수 있는 일은 없다. 시간이 지나면 수위는 저절로 낮아져 징검돌은 다시 제자리로 돌아와 제 몫을 할 것이다. 징검돌의 시간이 우지은에게도 필요해 보였다.

●

잔걸음을 옮기는 할머니의 뒤를 나와 늘봄이 따라 걸었다. 발소리에 좇아 나온 옆집 개가 담장에 앞발을 걸치고는 컹컹 짖어댔다. 나는 개를 피해 길 가장자리로 걸었다. 평야와 하늘이 포개진 사이에서 지평선은 숙련된 미장이의 솜씨처럼 흠없이 매끈했다. 지평선에 내려앉은 원액의 노을이 시간에 희석되며 넓게 퍼져 나갔다. 해가 지면 달이 뜨는, 하루를 낮과 밤으로 공평하게 나눠 가지는 지평선을 보며 내 손의 하나를 내어 주면 너머의 다른 내가 다른 하나를 내어줄 수도 있겠다는 생각이 들었다. 너머에 여기 이와 같은 세상이 있어 그곳의 내가 지금 나와 비슷한 생각을 하고 있을지도 몰랐다. 너머에서 나와 늘봄은 무얼 하고 있을까. 아직 만나지도 않았을까. 어쩌면 이미 헤어졌을 수도. 아무렴 상관없었다. 중요한 건 지금이었다. 나와 서늘봄, 우리는 연인이고 서로를 사랑하고 있으므로 그것으로 나는 충분했다. 매일 이 풍경을 보았을 늘봄이 부러워졌다. 나는 한 발짝 앞서 걷는 늘봄의 손목을 잡아 하늘로 쓱 들어올렸다.

서늘봄 승!

늘봄이 놀라 돌아보았다.

뭐야?

늘봄. 이런 곳이라면 매일매일 이기는 마음으로 살 수 있을 거 같아.

막걸리 두 잔에 벌써 취했군.

늘봄이 장난스레 쯧쯧 혀를 찼다. 그러더니 나의 남은 손목을 붙잡아 똑같이 하늘 쪽으로 들어 올리고는 내 입술에 부러 쪽 소리를 내며 입을 맞추었다. 나는 늘봄의 어깨

너머로 얼른 할머니부터 살폈다. 해가 지는 쪽으로 향하는 할머니의 실루엣이 흐릿했다.

개가 다시 컹컹 짖었다. 은행나무 밑 벤치에 앉은 할머니의 정수리가 모자를 쓴 것처럼 붉게 물들어 있었다. 늘봄이 나를 할머니 옆으로 밀어붙이며 바짝 다가앉았다.

핸우. 보게.

할머니가 은행나무 위쪽을 가리켰다. 늘봄이 내 어깨에 턱을 모로 괴고는 할머니의 어깨를 당겨 안았다.

저길 어떻게 올라가셨대. 지금 봐도 꽤 높은데.

느이 엄마가 앓아누워 일어나지를 못하니 어째. 앓아 죽기 전에 얼어 죽게 생겼는데 사방을 둘러봐도 땔감은 없고. 오밤중에 몰래 올라가 실한 가지 몇 개만 잘라낸다는 게 그리 표가 날 줄 누가 알았나.

죽다 살아 그런가. 엄마가 좀 독한 구석은 있어요.

새순처럼 보들보들했으면 서늘봄이 너는 이 세상에 나오지도 못했어.

늘봄에게는 아버지가 없었다. 늘봄의 생부와 헤어진 후에 임신을 알게 된 늘봄의 어머니는 끝난 관계를 되돌리는 게 과연 최선인지에 대해 깊이 생각했다. 생부를 만난 늘봄의 어머니는 당신의 아이를 가졌지만 혼자서 낳아 키울 계획이고 당신에게 어떤 법적 책임이나 부담도 지울 생각은 없다고 분명히 말했다. 할머니는 딸의 선택을 존중했고 늘봄은 할머니와 엄마의 성을 물려받아 서늘봄이 되었다. 늘봄은 내게 이렇게 말했었다. 우리 엄마도 은행나무를 올랐던 거지. 수국 꽃은 더 붉어졌을 테고.

할머니 아니었음 엄마도 이 세상에 없었고 말이에요.

할머니가 의자에서 등을 떼며 내 눈치를 슬쩍 살폈다.

현우 알아요. 엄마, 할머니가 배 아파 난 딸 아닌 거.

나는 몸을 뒤로 젖히며 못 들은 척 먼 데로 시선을 돌렸다.

부산 살 때 의원서 일 거들며 제일 많이 한 일이 애 받는 일이었어. 수상한 시절이었는데도 아들이고 딸이고 참 많이들 낳았어.

낮의 막바지에서 해는 평야 위로 길게 몸을 뉘이며 꽃노을을 만들고 있었다. 기억의 지평선에서 건져 올린 두레박을 찬찬히 들여다보는 할머니의 뺨 한쪽이 붉었다.

한 동네 살던 여자가 낳은 애였어. 남편 잃고 아들 둘만 데리고 피란 온 과부였는데 덜컥 애를 가진 거야. 죽어도 못 낳는다고, 허구헌날 찾아와 울며불며 어떻게라도 해달라고 하는 걸 아무리 생각해도 그건 아닌 거 같아. 그래서 낳아라, 낳기만 하면 내가 키우겠다고 큰소리쳤지. 과부인 건 나도 마찬가지였는데 말이지.

할머니가 혀를 끌끌거리자 늘봄이 피식 웃었고 나는 마른세수를 하는 척 손바닥으로 얼굴을 가렸다.

어째. 한 입으로 두말할 순 없잖아. 내가 핏덩이 데리고 뜨는 수밖에. 느이 엄마한테는 잘한 짓인지는 모르겠다만 나는 후회 안 해. 어쨌든 다 살았잖아. 느이 엄마도 느이 엄마의 엄마도.

우리 할머니 참 대단해. 이름만큼이나 참 평화주의자야.

…… 며칠 전에 말이다. 생모 큰아들이 찾아왔었어.

생모 큰아들이면…… 엄마의 오빠?

늘봄이 고개를 할머니 쪽으로 돌리며 물었다. 할머니 대신 내가 고개를 끄덕였다.

돌아가신 어머니가 딸 몫의 유산을 남겼다면서 봉투를 내놓고 갔어.

엄마는 뭐래요?

밤새 조용하더니 아침 되자마자 꽁돈은 빨리 써야 한다며 수선을 피우대. 그러고는 차 끌고 나갔어. 늘봄이 너는 그냥 모른 척해. 느이 엄마가 암말도 안 하면.

그래야죠.

늘봄이 슬리퍼를 벗어 두고는 접어 올린 두 무릎 위로 턱을 괴었다.

핸우.

네.

나는 허리를 꼿꼿이 세우며 대답했다.

우리 늘봄이 어디가 좋은가?

나는 바로 대답하지 못했는데 다 좋다고 하면 성의 없어 보일 거 같고 콕 집어 어디가 좋다고 하면 속물 같아 보일 거 같았다.

할머니. 우리가 같은 그림을 좋아해요. 현우는 그림을 그리고 나는 그림을 파니까 서로 할 이야기가 많더라고. 생각도 잘 통하고.

그것 참, 좋네 좋아.

좋지 좋아.

할머니가 말했고 늘봄이 장단을 맞췄다.

참 부럽네. 나도 연애하고 싶어.

결혼도 하고?

뭐 하러. 결혼해서 과부 밖에 더 됐어? 오지게 연애만 할 거야.

늘봄이 할머니에게 엄지를 들어 보였고 나는 추임새를

넣듯 고개를 끄덕였다.

어느새 날은 저물어 주위가 어둑했다. 미니 슈퍼에 불이 켜졌고 간유리 너머 새어나온 빛이 은행나무 언저리까지 퍼졌다. 멀리서 차 소리가 들렸다.

플리 마켓은 정오에 끝났다. 우지은은 마지막 호르헤를 내게 떨이로 넘겼다. 나는 낚시 의자 두 개를 접어 우지은의 백팩에 넣어 주었다. 분해한 캠핑 박스와 텀블러까지 챙겨 넣고 우지은이 가볍게 손을 털었다.

액자 사러 가요?

오는 길에 다이소 봤어요.

나는 개천 너머를 손으로 가리켰다.

같이 가도 돼요?

나는 옆으로 비켜 우지은에게 길을 내주었다. 우지은이 제 키 반만 한 백팩을 들어 매고는 어깨끈을 양 손으로 붙잡고 앞장섰다. 개천으로 내려가는 계단 앞에서 나는 우지은을 불러 세웠다.

비 때문에 징검다리 잠겼어요.

그래요?

우지은이 건성으로 대답하고는 계단을 내려갔다.

우앙카요는 어떤 곳이에요?

우앙카요는 고산 도시예요. 안데스 산맥에 있고 일요일에 열리는 시장으로 유명해요. 대부분이 인디언이고 야마, 알파카를 많이 키워요. 제가 키우는 알파카 호르헤도 있어요. 봐요. 물이 빠졌어요.

우지은의 말대로 징검돌 전부가 물 위로 드러나 있었다. 나는 우지은의 뒤를 따라 징검돌을 밟았다.

여친이랑은 왜 헤어졌어요?

마지막 징검돌 위에서 우지은이 물었다. 나는 세차게 흐르는 개천을 바라보았다. 바람이 불자 우지은이 한 손으로 모자챙을 붙잡았다.

사람들이 말하던 그런 이유들 때문에요?

왜요? 뭔가 색다른 이유라도 있을 거 같아요?

나는 우지은에게 되물었다.

…….

우리는 세상의 많은 연인들처럼 그렇게…… 그런 이유로 자연스럽게 헤어졌어요. 누구 때문도 아니었고 무엇 때문도 아니었어요. 모든 연인들이 영화 속 주인공들처럼 구구절절한 사연으로 헤어지지는 않아요.

나는 우지은을 지나쳐 계단을 올라갔다. 해가 들어 마

큰자리를 디디며 올라가는데 우지은이 계단 밑에 그대로 서 있었다. 나는 나무 아래서 우지은을 기다렸고 잠시 뒤 따라 올라온 우지은이 미안하다고 말했다.

나는, 그런 이유로 헤어지는 것보다 그런 이유로 시작도 못하는 게 더 싫어요.

나와 우지은은 앞서거니 뒤서거니 이면도로를 걸었다. 주말이라 오가는 차량이 많아서 우리는 몇 번이나 차들이 지나갈 수 있도록 길을 비켜주어야 했다.

다이소에는 크기가 맞는 액자가 없었다. 사진용 액자뿐이었다. 밖으로 나오니 우지은이 바로 옆 편의점 문에 붙은 종이를 들여다보고 있었다.

최저시급이면 얼마예요?

팔천 칠백 얼마쯤.

우지은이 오른손 검지와 중지로 왼손바닥을 느리게 두드리며 골똘히 생각했다.

해볼까요?

여기?

내가 물었고 우지은이 고개를 끄덕였다. 우지은은 한 계단 더 올라가 편의점 유리문의 손잡이를 잡았다. 나는 한 계단 내려와 우지은을 바라보았다.

그럼 고마워요. 페루로 잘 돌아가기를 바라요.

또 쫓겨나면 어쩌죠.

우지은이 심드렁하게 말했다. 그다지 고민스러워 보이지는 않았다.

또 자가 격리 해야죠. 호르헤도 팔고.

고개를 젓는 것만으로는 부족했는지 우지은은 두 팔로 손사래까지 쳐댔다. 그 바람에 우지은의 모자가 바닥으로 툭 떨어졌고 나는 허리를 숙여 모자를 집어 들었다. 우지은은 내게서 받아든 모자를 툭툭 털어 머리에 도로 얹고는 쓱 눌렀다.

◎

할머니에게 다녀온 얼마 후에 우리는 헤어졌다. 늘봄이 지방에 새로 연 시립 미술관의 큐레이터로 가게 되며 우리는 서서히 멀어졌다. 사람들은 이별이 그리 쉬운 건 진짜 사랑이 아니기 때문이라고 말했지만 너무 아픈 사랑도 사랑이 아니라고 말할 사람들이었기 때문에 나는 흘려 들었다. 몇 달 뒤에 서울에 다니러 온 늘봄이 연락을 해왔고 우리는 단골 선술집에서 만났다. 몹시 추운 날이었다. 우리는 데운 정종 한 병을 시켰고 안주로는 찐 완두콩을 골랐다. 완두콩이 콩꼬투리째 나와서 우리는 콩을 다 깐 후에 하나씩 집어 먹었다. 나는 할머니의 안부를 물었고 늘봄은 할머니가 욕실에서 엉덩방아를 찧었지만 다행히 뼈는 다치지 않았다고 말했다.

그날 밤 늘봄의 어머니는 부위별로 사 온 한우를 냉동실에 착착 채워 넣었다. 그러고도 남아 앞집과 뒷집에까지 인심 좋게 나누어 주었다. 마당에 내놓은 화로에 둘러앉아 우리는 밤늦도록 고기를 구워 먹었다. 냄새를 맡고 모여든 동네 고양이들도 고기 몇 점을 얻어먹었다. 늘봄의 어머니는 살이 붙은 가장 큰 갈빗대를 담장 너머 옆집 개에게 던져 주었다. 막걸리 네 병을 비우고도 아쉬웠던 늘봄이 부엌 싱크대를 뒤져 소주 한 병을 찾아냈고 할머니에게서 한 잔, 늘봄의 어머니에게서 한 잔을 거푸 받아 마신 나는 모로 쓰러져 잠들었다. 새벽에 일어나니 건넌방이었고 늘봄이 옆에서 새우잠을 자고 있었다.

늘봄은 미술관 개관 1주년 기념으로 세계의 몇몇 도시와 작품 교류전을 계획 중이고 페루도 그중 하나라고 했다. 에르네스토 아리수에뇨는 현재 호주에 살며 그림을 그리고 있으며 늘봄의 메일에 긍정적인 답장을 보냈다고 했다. 잘

됐으면 좋겠어. 나는 진심으로 말했고 늘봄은 성사되면 초대장을 보내주겠노라고 대답했다.

우리는 길지 않은 연애를 했다. 나는 늘봄과 헤어진 후에 여러 번 썸을 타기도 했고 연애도 한 번 했다. 지나고 나니 그리움으로 남는 사람도 있고 미안한 사람도 있었다. 미련 때문에 다시 만났다가 후회로 끝난 사람도 있었다. 한 사람과 다시 만나도 사랑의 결은 이전과 또 달랐다.

난, 좋았어.

선술집 앞에서 헤어지던 밤, 늘봄이 내게 말했다.

너 만나서 나는 참, 좋았어.

코트 깃 위로 둘둘 돌려 감은 머플러가 코끝까지 덮고 있었다. 삐져나온 갈색머리가 바람이 불 때마다 이리저리 날렸다. 나는 날리는 머리카락을 잡아 늘봄의 머플러 밑으로 넣어주었다.

누가 먼저 돌아섰는지에 대한 기억은 분명하지 않다. 성격상 늘봄이 먼저 돌아섰을 것이다. 몇 걸음 걷다 내가 돌아보았을 때 늘봄은 이미 사람들 속에서 씩씩하게 걷고 있었다. 멀어지다 한 점으로 사라지는 그 뒷모습을 나는 선 자리에서 오래 지켜보았다.

서늘봄…… 나도 참 좋았어. 진심이야.

호주판 여성 잡지에 실린 화가의 짧은 인터뷰를 보았다.

인터뷰어가 물었다. 당신의 그림은 무엇입니까?

무한한 꽃입니다. 꽃병의 꽃은 풍경으로, 영원으로 이어집니다. 모든 풍경은 마법입니다.

인터뷰어가 다시 물었다. 무한한 꽃은 당신에게 어떤 의미입니까?

모든 자유, 모든 희망…… 그리고 모든 사랑입니다.

전시 일정을 묻는 마지막 질문에 화가는 웃으며 답했다.

곧 한국에 갑니다. 한국에서의 첫 전시회라 벌써부터 설레네요. 기대가 큽니다.

작가 노트

지평선을 본다. 경계 너머를 상상한다는 건 즐거운 일이다. 노란 뱀이 직립으로 돌아다녀도 이상할 것이 없는 곳이다.

외할머니는 돌아가실 때까지 나만 보면 고추 타령을 하셨다. 큰 딸이 4년 만에 낳은 첫 아이에게는 기대하던 것이 없었다. 염소똥 같은 환약을 먹다 지친 엄마는 결국 둘째-아들-를 낳지 못했다.(아버지는 자의 반 타의 반으로 사촌 오빠를 양자로 들였다.) 지금 생각건대 뱀이 직립하는 것보다 더 이상한 일이다.

카페의 옆 테이블에서 오가는 대화를 들었다. 한 중년 여인이 며느리를 보는데 아들보다 7살이나 많아서 속상하다고 푸념했다. 여인의 친구들은 연상 며느리의 나이 한계선을 놓고 의견이 분분했는데 핵심은 노산과 노안이었다. 딸만 있는 한 여인이 나름 반론을 펼쳤지만 역부족이었다. 나는 이어폰을 끼며 머릿속에 노란 뱀 몇 마리를 풀어놓았다.

영화 안토니아스 라인의 명대사를 떠올린다. 한 남자가 딸을 키우며 홀로 사는 안토니아를 찾아와 청혼한다. 당신은 과부고 나는 아내가 없소. 내 아들들에겐 엄마가 필요해요. 안토니아가 대답한다. 나는 아들이 필요하지 않은데요. 남자가 다시 묻는다. 그럼 남편은 필요하지 않소? 뭐 때문에요?

안토니아처럼 당당하고 위트 있는 여자는 타고나는 걸까. 그녀의 딸과 손녀를 보면 길러지는 게 맞는 거 같기도 하다. 그런가요? 안토니아. (나의 외할머니는 안토니아는 아니었지만 다행히 손녀 사랑은 지극했다. 물론 손자 사랑은 더 지극했다.)

지금, 여기의 이야기로 엮은 깃발을 흔들어보려 한다. 호응해주는 이가 몇 있어도 참 좋겠다는 생각이 든다. 이 깃발을 본다면 손 흔들어주기를. 경계 너머 멀리 있더라도.

2017년 단편 소설 「우리 아빠」로 21회 심훈 문학상 소설 부문 대상을 수상하며 작품 활동을 시작했다. 소설집 『우리 언젠가 화성에 가겠지만』(2020, 아시아, 아르코 문학나눔 권장도서), 『소비노동조합』(2021, 아시아), 앤솔러지 『여행시절』(2021, 아시아)이 있다.
chloro@hanmail.net

김강

으르렁을
찾아서

안녕, 잘 지내지? 라고 인사를 건네야 할 텐데 그러질 못하겠어. 네가 잘 지낸다는, 그런 소식을 전해 들었다면 그렇게 했을 거야. 그런데 너에 대해 들은 것이 없네. 그래서 이렇게 시작하려고.

잘 살아야 해. 보란 듯이 잘 살아줬으면 해.

서랍 한 칸을 가득 채우고 있는 엽서들 때문이야. 종이쓰레기로 내다 놓기에는 아까운 엽서들이지. 디자인이 예쁘기도 하고, 한 장 한 장 사연들이 있거든. 말과 마음을 쓰고 담아 어디든 보내야 한다고 생각했어. 너에게 꼭 해야 할 말이 있어서, 너에게 전할 마음이 있어서 엽서를 쓴 것은 아니야. 실망했니? 그건 아니지? 엽서를 받을 첫 상대가

너라는 게 조금은 위로가 될까?

G는 쓰고 있던 엽서를 두 손으로 잡아들고 한참을 보다 의자에서 일어났다. 책장으로 가 맨 아래 칸에서 다이어리를 꺼냈고 다시 책상으로 돌아와 앉았다. 엽서를 왼 편에 올려두고 다이어리를 펼쳤다.

다이어리를 가지고 왔어. 작년 다이어리. 재작년 연말에 받은 것인데 한 번 열어보지도 않았지. 그런 다이어리가 몇 개는 더 있을 거야. 너도 그렇지?

작년 한 해도 그랬어. 제대로 한 번 들여다보지 못했지. 그렇지 않아? 계획을 세울 수도 없었고 어디론가 떠나지도 못했어. 누군가를 만날 약속도 잡지 못했지. 인생 중 팔십 분의 일 혹은 구십 분의 일이 사라졌어. 그래, 작년은 그랬어. 아무튼.

하고 싶은 말이 많아. 문자와 단어, 문장들, 그리고 마음. 안부를 묻고 만남을 기약하는 틈 두세 줄 정도로 충분할까. 엽서 한 장이 감당할 수 있을까. 그래서 다이어리에 쓰려고. 편지? 편지지가 없어. 나만 이런 것 아니지? 요즘 편지지와 편지봉투를 서랍이나 책상 위, 책장에 두는 집이 있나.

이미 쓴 엽서는 다이어리 맨 앞장에 붙여 놓을게. 다시 베껴 쓰고 싶지 않아. 이해해 줄 거지? 엽서를 붙이고 남은 여백에 이렇게 써둘 거야.

이 다이어리에 적힌 것들은 일 년 후에 쓰인 것들임.

10년, 20년 시간이 흐르는 동안 네가 이 다이어리를 다시 보는 날이 언젠가 하루는 있을 거잖아. 그런데 네 기억이 정확하지 않다면 내가 언제 쓴 것인지 내가 언제 네게 보냈는지 너는 언제 이 다이어리를 받았는지 헷갈릴 수 있으니까. 그럴 때 저 문장이 도움이 되지 않겠니. 아닌가. 오히려 더 헷갈리려나? 네가 아닌 다른 사람이 이 다이어리를 보게 된다면 예언서라 오해하게 될까?

G는 고개를 들고 기지개를 켰다. 창밖으로 사람들이 보였다. 어른 세 명과 어린아이 한 명이 앞뒤로 팔을 흔들며 느티나무를 지나쳤다. 검은색 패딩과 분홍 외투가 짙은 갈색의 낙엽 위를 스치는 사이 자전거와 배달 오토바이가 앞을 가로질렀다. 그들은 멈칫하지 않고 걸었다.

G는 다시 연필을 잡았다.

비가 그쳤어. 어젯밤부터 내린 비였어. 비는 햇살에 묻은 먼지도 씻어낼 수 있나 봐. 분명해. 비 온 뒤의 햇살을 보면 알 수 있지. 햇살이 맑아. 맑은 햇살. 아무튼.

다이어리를 펼치고 편지를 써보니 막상 할 이야기가 없는 듯해. 아니, 할 이야기는 많은데 네가 별로 좋아하지 않을 것 같아. 여러 곳의 학원을 다니고 늦은 시간까지 인터넷 강의를 듣느라 아이들이 힘들다는 이야기, 아이의 학교에 맞춰 이사 온 새 집의 문틀이 삐걱대고 안방 화장실 배수구에서 역한 냄새가 올라온다는 이야기, 근무 시간이 점점 줄어 시간의 여유가 생긴 듯하지만 여전히 바쁘고 그런데 왜 바쁜지 도통 알 수 없고 잠자리에 드는 시간은 똑같다는 이야기, 아파트 값이 올라 좋겠다며 축하의 말을 전했더니 어디를 가든 집 한 채 값이라 의미 없다는 서울 사는 동생의 이야기를 듣고 싶지는 않을 것 아니니. 그렇다고 이쯤에서 다이어리를 덮을 수는 없지. 이대로 네게 보내고 싶지는 않아. 그해 그 계절 이후 처음 찾아온 기회거든. 나눌 이야기가 없다고 자리를 박차고 일어날 수는 없지. 가능한 오래 너와 마주하고 싶어.

뭘 적을까. 고민을 하다 예전의 너를 떠올렸어. 한창 좋았던 시절, 하루의 대부분을 함께 했던 시절, 함께 한다면 무슨 일이든 해낼 수 있다 자신하던 시절의 너를 말이야. 그 기억에 잠시 머물렀는데 곧 계절이 밀고 들어왔어. 네가 떠나간 계절. 가을이었는지 봄이었는지 모르겠어. 덥지도 않고 춥지도 않은. 외투 없이 긴 팔 웃옷만 입고 다니던 사람들이 그려져. 그 계절에 나는 하루 종일 땀을 흘렸고 밤이 되면 온 몸을 벌벌 떨며 이불을 뒤집어썼어. 돌돌 말아 넣은 몸뚱이 사이로 끙끙 신음 소리를 내고는 했지. 몸살을 오랫동안 그리고 심하게 했었나 봐. 너는 알 수가 없었겠지. 가버린 뒤였으니, 아무도 알려주지 않았을 테니. 알았다면, 소식을 들었다면 어디에서든 달려와 내 옆을 지켰을 너인데 말이야.

방금 재밌는 아니 재밌을 것 같은 이야기가 떠올랐어. 그 이야기를 해볼까 해. 들어줄 거지? 듣게 될 거야. 마지막에는 소리 내어 웃을지도.

이야기는 한 아이의 말로 시작해.

-찾으러 가자.

엄밀하게 구분하자면 아이라고 할 수는 없어. 이미 이 아이는 어른들이 하는 만큼의 몫을 하고 있으니까. 사냥을 하러 가든, 물고기를 잡으러 가든 데리고 다닐 만큼 컸지.

그저 데리고 다니는 정도가 아니야. 야생 닭을 몰아오고 그물을 걷어 올리고. 누구나 하는 일을 하고 있지. 자기 몫의 일을 한다는 건 자기 몫의 발언권이 있다는 뜻이지. 발언권, 말을 할 수 있는 권리. 누군가에게는 말을 들어줘야 하는 의무가 되지. 한 어른이 아이의 말을 들었어. 그리고 물었지.

–뭘?

그래, 여기서 잠깐 정하고 넘어가야 할 것이 있어. 아이니 어른이니 하는 단어를 반복하자니 뭔가 거슬리는 듯 해. 그렇다고 이름을 붙일 수는 없어. 나는 그들을 잘 알지 못하니까. 그래서 아이는 Child의 C, 어른은 Adult의 A로 부를게. 특별히 영어를 좋아하는 것은 아니야. 아이, 어른 이런 호칭 자체에 붙어있는 어떤 느낌, 어떤 태도를 피하고 싶을 뿐이야. 아이의 '아', 어른의 '어' 이런 식으로 떼어 부를 수는 없으니까. 알았지? 아이는 C, 어른은 A.

동굴 입구 바로 안쪽에 앉아 달을 보던 A였어. 달을 보고 있었던 건지 그저 멍하니 어둠을 보고 있었던 건지 확실하지 않아. 뭘 하고 있는지 묻지 못했으니까. 아마 달이었을 거야. 어둠을 보고 싶었다면 동굴 안쪽을 보는 게 더 나았을 테니까. 동굴 바깥의 어둠이 동굴 안의 어둠보다 더 깊지는 않을 테니까. 그믐달이 뜬 날, 구름이 가득한 날, 비가 오는 날에는 안이냐 밖이냐 구별할 수 없지만 말이지. 오른쪽 무릎에 크고 깊은 흉터가 있었어. 구름이 낮게 깔린 날이면 모두 그 A의 입을 보았어. 뭐라 한 마디 말해주길 기다렸지. 내일 비가 오겠어, 많이 올 것 같아, 이런 말들.

그래, 이제 정해야겠지. 무릎에 크고 깊은 흉터가 있는 A, 이렇게 계속 부를 수는 없으니까 말이야. 음, S라 부를게. 흉터가 영어로는 Scar 잖아. 그 앞 자를 땄어. 흉터의 '흉'을 혹은 'ㅎ'을 따올 수도 있지만 뭔가 어색하니까. 아무튼.

–뭘?

S가 다시 물었지. 동굴 안에 있던 수십 개의 눈들이 C를 향했어. 그럴 만도 한 것이 무료함인지 긴장인지 알 수 없는 것이 동굴을 가득, 게다가 아주 무겁게 채우고 있었거든. 서로 더듬거나 쳐다보거나 눈을 감고 있을 뿐이었지. 입을 열어 말을 하는 사람, 소리를 내는 사람은 없었어. C가 말을 하기 전까지는 말이야. 그러니까 지금 모든 눈들이 C를 향한 것은 이상한 일이 아니지. 참, 그래. 내가 이야기의 배경이 언제인지 말해주지 않았지. 일만 년 전 혹은 이만 년 전의 이야기야. 일만 년 전인지 이만 년 전인지 숫자는 중요하지 않지. 그저 아주 오랜 옛날 선사시대라 상상하

면 될 것 같아. 십만 년 전이라도 문제 될 것은 없어. 크게 다르겠어? 아무튼.

C가 대답했지.

-으르렁.

동굴 안이 소란스러워졌어. 소란스럽기는 한데 그렇다고 명확하게 들리는 말은 없었어. 혼잣말이거나 쌍으로 소곤거리는 말들로 동굴 안이 가득했지. 다들 작게 말했겠지만 동굴은 울림통 같았지. 으르렁? 으르렁! 으르렁을 찾는다고? 으르렁을 찾으러 가자네. 동굴 안 어딘가에서 무언가 어르렁 거리고 있는 것 같았지. 달을 보던 S가 몸을 움직여 동굴 안으로 들어오려 했어. C의 뒷말을 듣고 싶어서였을 거야. 어르렁 소리들이 울려서 다른 소리가 잘 들리지 않았거든. 그런데 아무도 길을 내어 주지 않는 거야.

-맨 바깥에 있고 싶지 않다고!

S 다음으로 동굴의 입구에 가까이 있던 사람이 소리를 지르며 S의 무릎을 손으로 잡았어. S는 힘껏 다리를 들어 올리며 말했지.

-원래 네가 맨 바깥이었어. 네 차례잖아.

S는 C의 곁으로 와 뭉툭하게 솟아오른 바위 위에 앉았어.

–으르렁을 찾으러 가자고?

–응. 찾아서 데리고 와야 하는 것 아니야?

C가 왜 반말을 하는지 궁금하지. 높임말이 없어서 그래. 누가 누구를 높인다는 게 뭔지 몰라서 그래. 그렇지 않을까? 그 시절엔 그럴 것 같지 않아? 높임말이 없으니 반말이라는 것도 없지. 그저 말일뿐이지. 저렇게 대답을 해도 기분 나빠하는 A는 없었을 거야. 아무튼.

S와 C의 대화에 한 명이 끼어들었어. H라 부를게. Heroine 혹은 Hero의 H이거나 Hair의 H. Hearing의 H일 수도 있어. 무리 중 가장 귀가 밝은 A이기도 했거든. 아무튼.

H가 말했어.

–으르렁 때문에 죽고 다친 사람이 얼만데, 그 녀석을 찾으러 가자고? 찾아 데리고 오자고?

C가 대답했지.

–으르렁 때문에 죽고 다친 사람이 얼만데? 몇 명인데? 나는 잘 모르겠는데.

C의 대답에 H는 잠깐 머뭇거렸어. 으르렁 때문에 죽거나 다친 사람을 기억해내느라 잠깐 생각을 해야 했지.

–거 왜 있잖아. 동굴 밖을 살피고 오겠다며 나갔다가 돌아오지 않은, 다리 하나만 발견된.

-그건 송곳니가 물어 간 거잖아.

C 대신 S가 대답을 했어. H는 S를 힐끗 쳐다보았지. S는 무릎을 손으로 주무르며 말했어.

-걔는 나가지 말라 했는데 굳이 나가 본 거잖아. 또 있지. 여기 있다가는 으르렁 때문에 잡아먹힐 거라며 나갔던 녀석. 결국 머리만 남겨져 굴러다니던 녀석 말이야. 둘 다 동굴에서 한 참 떨어진 숲에서 당했지. 으르렁이 가지 않고 버틴 이틀 동안 벌어진 일이었지, 아마. 정작 으르렁과 함께 동굴에 있었던 우리는 별일 없었잖아. 으르렁이 가기 전까지는.

H가 더듬거렸지.

-그, 그, 그거야, 우리가 조심해서 그런 거지. 우리가 겁먹고 겁먹은 만큼 동굴 안에 모여 있었으니까 그런 거지. 그래서 어쩌자고? 으르렁을 다시 데리고 오자고? 지금 으르렁이 왜 필요한데?

무슨 말인지, 무슨 일이 있었던 건지 궁금하지? 이야기 해줄게. 무슨 일이 있었냐 하면 말이야. 한 달 전 즈음이었어. 한 달이라고 하자. 한 달인 줄 어떻게 아냐고? 그 일이 있고 난 후 송곳니가 네 명을 물고 갔거든. 한 명이 일주일이라 치면 네 명이니까 4주, 4주면 한 달. 그럴듯하지 않아? 왜 한 명이 일주일이냐고? 송곳니가 일주일을 견디는데 사람 한 명이면 충분할 것 같아서. 송곳니는 뭐냐고? 맹수. 아래턱을 타고 내려와 목의 중간 즈음에서 살짝 안으로 휘어진, 일단 한번 물면 문 녀석이나 물린 녀석 중 어느 한쪽이 죽어야 뺄 수 있을 것 같은, 몸 안의 장기 어느 것 하나 온전하게 남겨놓지 않겠다는 살의로 가득한 송곳니. 그런 송곳니를 가진 맹수 말이야. 상상이 가지? 어디선가 한 번은 보았을 거야. 지금이야 뭐든 이름을 붙였겠지만 일만 년, 이만 년 전에는 송곳니, 이렇게 불렀을 것 같아서. 아무튼.

한 달 하고도 이틀 전 즈음 어느 저녁 누군가 으르렁에게 소리를 쳤지. 좀, 좀 조용히 하라고. 너 때문에 송곳니가 동굴을 찾아오는 거라고. 왜 그랬을까? 처음 듣는 것도 아니었을 텐데. 누구도 으르렁에게 그렇게 말한 적 없었거든. 으르렁이 갑자기 나타난 것도 아니고 무리의 한 명이었으니까. 예전부터 쭉 같이 다녔던. 사실 예전부터라고 말하기는 조금 그렇지만 같이 다닌 지 최소한 육 개월은 지났을 건데 말이야. 같이 사냥하고 같이 먹고 같이 뒹굴었는데. 그런데 그날 저녁 누군가가 으르렁에게 소리를 친 거야. 사실 그전까지는 으르렁이라는 이름도 없었어. 그러고 보니 덕분에 이름이 생겼네. 으르렁.

한동안 비가 오지 않았어. 게다가 여름이었거든. 개울이 마르고 웅덩이가 마르고 나무와 풀들이 말라갔지. 사람들도 말라갔어. 축 처진 몸뚱이를 끌고 뭘 할 수 있겠어. 동굴 안으로 모여들었어. 동굴 안은 바깥보다는 시원했고 약간은 습했으니까. 하염없이 동굴 바깥만 내다보았어. 가끔 마른하늘을 올려다보기는 했지. 어둠이 내리면 졸다 깨다를 반복했고. 좋은 때였으면 짝이 맞는 데로 엉덩이를 들썩거리며 무언가를 했겠지. 하지만 좋은 때가 아니었어.

그러니까 그날은 힘 빠진 몸뚱이들이 동굴에 모여 있던 어느 여름날 밤이었던 거지. 어김없이 찾아온 열대야가 모두의 목구멍을 간지럽히는 그런 여름날 밤 말이야. 목이 말라도 마실 물이 없는, 말라붙은 땀을 씻어낼 수 없는, 먹은 것이라고는 풀뿌리 몇 개와 벌레들 몇 마리. 아마 그래서였을 거야. 그래서 으르렁에게 소리를 친 걸 거야. 지금을 사는 우리도 그러잖아. 별것 아닌데 하필이면 상황이 그래서 누군가에게 밑도 끝도 없이 소리를 치잖아. 밑도 끝도 없으면 대응하기도 힘들어. 그냥 혼란스럽지. 밑도 끝도 없는 비난이 부당하다는 것 깨달을 즈음이면 모두들 아무 일 없었다는 듯 다른 곳을 보고 다른 일을 하고는 하잖아.

누군가 으르렁에게 소리를 치기 전까지는 으르렁은 으르렁이 아니었지. 무리의 한 명일뿐이었어. 대부분 그렇듯 아비가 누구인지 몰랐어. 네 아비가 누구냐? 이렇게 묻는 이는 없었어. 어미는? 쟤 어미가 누구야? 수군거렸지. 글쎄, 누구의 아이(이 대목에서는 C보다는 '아이'가 적당해 보여)였지? 그러고 보니 쟤 언제부터 여기 있었던 거지? 어미가 누구인지 중요한 적 없었어. 그런데 그날은 어미가 누구인지 중요했어. 자신의 어미가 누구였는지, 어찌 되었는지, 자신의 아이들은 어디에 있고 어떻게 컸는지 기억을 떠올렸어. 모두들 어미 곁으로 모여들었어. 아비들? 아비들도 결국 누군가의 아이였으니까 어미의 곁으로 갔지. 몇몇은 홀로 있었어. 어미가 살아있지 않는 경우도 있었으니까. 어미가 없는 몇몇은 이리저리 기웃거리다 근처의 무리에 발을 넣으려 했지. 어미들은 잠깐 망설이다 두 팔을 벌렸고 어미가 없는 몇몇은 그 안으로 들어갔어.

으르렁? 누구도 으르렁을 받아주지 않았어. 아니다, 있었다. 어미 한 명이 으르렁에게 손짓을 했어. 이리 오라고. 그때 누군가 말했지. 숲의 끝에서 온 녀석이야. 우리가 아니라고. 목소리가 컸어. 동굴 안이 울렸지. 우리가 아니라고, 우리가 아니라고. 손짓을 했던 어미는 손을 거둬들였어. 맞아, 마지막 비가 오던 날 으르렁이 왔어. 이후로는 비가 온 적 없어. 엄청 먹어 대지. 먹기만 해. 뭘 구해오는 것을 본 적 없어. 동굴의 가장 안쪽에서 동굴의 입구 근처까지 한 마디씩 뱉어냈지. 그래도 그날 으르렁이 우리를 구하지 않았어? 누군가 말했지만 너무 작은 목소리였어. 그것 때문에 더 겁이나. 송곳니가 복수를 하러 올 거야. 복수가 아니라 배가 고파서 올 거야. 으르렁 소리를 듣고 찾아오겠지. 우리는 모두 송곳니의 밥이 될 거야. 으르렁 때문에. 기억나지 않아? 그날, 으르렁이 오던 날, 마지막 비가 오던 그날 송곳니도 왔어. 으르렁을 내 보내야 해. 지금이라도 당장. 우, 우, 우, 우. 모두 괴상한 소리를 내었지.

으르렁은 이틀을 버티다 동굴을 떠났어.

으르렁이 오던 날 마지막 비가 왔다는 것은 짚고 넘어갈 필요가 있어. 누구도 꼼꼼하게 기억을 살피지 않는 것 같았거든. 으르렁이 무리에 들어온 후 계절이 몇 번 바뀌었는데, 그러면 최소한 육 개월은 넘었을 텐데 마지막 비라는 것은 말이 안 되는 거지. 하지만 아무도 이견을 내지 않았어. 중요하지 않았으니까. 으르렁이 으르렁거리는 것이 문제의 핵심이라 여겼으니까. 아무튼.

으르렁이 떠난 뒤 더 큰일이 벌어진 거지. 동굴 입구까지 온 적 없었던 송곳니가 입구에 나타난 거야. 처음에는 조심스레 한 발 집어넣었지. 모두들 숨을 죽이고 지켜봤어. 그 상황에서는 누구라도 그랬을 거야. 비명을 지를 생각도 못했지. 송곳니와 눈이 마주치지 않기를, 송곳니가 자신의 냄새를 맡지 않기를 바랄 뿐이었어. 그렇게 몇 번 발을 넣어보던 송곳니는 결국 맨 바깥쪽에서 잠을 자던 한 명을 물고 가 버렸어. 악을 쓰고 비명을 질렀지만 아무도 도와주지 않았어. 잠을 자는 척했지. 정말 잠을 자고 있었을 수도 있고. 무리가 할 수 있는 선택은 조금 더 깊숙이 동굴 안으로 들어가는 것이었어. 그게 최선이라 생각했어. 그렇게 네 명이 사라졌지. 이제 또 한 명이 사라질 즈음이 되었어. 그리고 C가 먼저 말을 한 거지. 으르렁을 찾으러 가자고. 찾아서 데리고 오자고.

G는 연필을 내려놓고 오른손을 폈다 쥐었다를 반복했다. 자리에서 일어나 오른 손목을 이리저리 돌리며 라나 델레이의 Born To Die를 찾아 CD플레이어에 넣었다. 볼륨을 조절했고 자리로 돌아와 다이어리를 펼쳤다. 오늘 이야기를 끝내야겠다고 생각했다.

벌써 다이어리의 중간까지 썼어. 이렇게 길게 글을 써 본 적 없는데 말이야. 너에게 이 다이어리를 보내고 난 후 고민을 해 봐야겠어. 본격적으로 글을 쓰는 사람이 되어 볼지. 고마워, 덕분이야. 난 항상 네게서 뭔가를 받는 것 같아. 심지어 네가 주지 않은 것 까지도 받아. 아무튼.

H가 말을 이었어.

-으르렁이 오던 날 송곳니가 온 것은 맞잖아. 그날 이후 비가 오지 않은 것도 맞고. 으르렁이 가고 나서 다시 비가 왔고. 한 마디로 재수 없어. 으르렁이 계속 있었다면 네 명이 아니라 더 많이 죽었을 거야.

H는 '맞잖아, 맞고.'에 힘을 주어 말했어. '맞잖아, 맞고.'가 동굴 안에서 울렸지. 모두의 귀와 머리를 '맞잖아, 맞고.'가 가득 채웠어. 모두들 고개를 끄덕이는 듯 보였어. 어둠보다 더 어두운 그림자가 고개를 끄덕이는 게 동굴 벽에 비쳤거든.

S가 대답했지.

-확실히 짚고 넘어가자고. 으르렁이 오던 날 송곳니가 온 것이 아니고 송곳니가 온 날 으르렁이 온 거지. 하필이면 가뭄이 시작되던 날이었고. 그리고 그날 으르렁이 돌멩이를 던져 송곳니의 머리를 맞추지 않았다면, 화가 난 송곳

니가 으르렁을 쫓기 위해 방향을 돌리지 않았다면 우리 중 여럿은 지금 여기 없을 거잖아. 우리는 무사히 돌아왔고 사냥으로 잡아 온 큰 뿔 얼룩을 나눠 먹을 수 있었잖아. 비록 마지막 사냥이 되었지만 말이지. 마지막이라고는 해도 언젠가 비가 오고 물이 흐르고 나무와 풀에 살이 오르면 다시 사냥에 나설 수 있겠지. 으르렁이 우리에게 해를 준 것은 없어. 그런데 우리는 으르렁을 쫓아냈지.

S의 기억에도 문제가 있어. 마지막 사냥, 마지막 비였다면 무리가 지금까지 버틸 수 있었겠어. 아마도 큰 수확이 있었던 마지막 사냥이었겠지. 그것만 기억하는 것이고. 비도 마찬가지고. 아무튼.

-우리가 언제 쫓아냈어? 으르렁이 동굴을 나갔고 우린 붙잡지 않은 거지

-아니 누군가 말했어. 내보내야 한다고.

-그러는 너는 왜 으르렁을 붙잡지 않은 건데?

-그때는 나도 그렇게 생각했어. 그래서 지금 후회하는 중이야. 으르렁을 내보냈다고 너희를 비난하는 것 아니야. 후회할 짓을 더 이상 하지 말자는 것이지. 돌려놓을 수 있는 것은 돌려놓고.

S와 H, C의 대화를 듣고 있던 누군가 불쑥 말했다. 동

굴 안쪽이었다.

-다시 데리고 와서 어쩌려고? 해가 되지 않는다 해도 도움이 되는 것도 아니잖아.

S가 동굴 안쪽으로 고개를 돌렸어. 그리고 말했지.

-나를 봐, 내 무릎을 봐. 모두들 내게 날씨를 묻지 않아? 내게 무슨 일이 있었는지 기억나지 않아? 너희들 모두 내게 어떻게 했었지?

S의 목소리가 조금 컸었나 봐. S의 목소리가 울리고 겹쳐져 다른 말처럼 들렸어. 이런 식으로 말이야. 너희들이 내게 어떻게 했었지? 내게 너희들이 어떻게 했었지? 어떻게 했지? 너희들이 내게.

오래전, 얼마나 오래전인지는 언급하기 힘들어. 으르렁이 오기 일 년 전 정도면 충분할까? 아니 더 오래전이어야겠지. S와의 일에서 얻은 교훈을 잊어버릴 정도의 시간은 지나야 하니까. 대략 오 년 전이라고 하자. 그 정도면 충분하지 싶어. 하루, 한 달, 열두 달, 일 년의 개념이 없었을 수도 있으니까. 아무튼.

오 년 전, 무리가 지금 이곳 동굴로 옮겨오기 전이었어. 무리는 긴 코 어금니를 사냥할 예정이었지. 긴 코 어금니

떼가 산 너머로 이동하기 전 마지막 기회였어. 수 일 간 지켜보았고 아직 다 자라지 않은 긴 코 어금니 한 마리를 발견했지. 막다른 곳으로 어린 긴 코 어금니를 몰아넣을 계획을 세웠어. 다음날 사냥을 시작했어. 괴성을 지르고 돌멩이를 던지며 긴 코 어금니 떼를 흩어놓았지. 어린 긴 코 어금니는 어미를 따라가지 못했어. 무리에서 뒤처졌지. 사람들을 피해 뒷걸음을 치다 뒤로 돌아 달리기 시작했어. 협곡의 막다른 끝 쪽으로. 길이 막히자 어린 긴 코 어금니는 울부짖었지. 어미는 긴 코 어금니를 구하러 오지 못했어. 너무 멀리 와버렸거든. 아니, 너무 멀리 가버린 건가? 아무튼.

사람들이 창과 돌을 던졌지. 결국 어린 긴 코 어금니는 주저앉았고 더 이상 울부짖지도 않았어. 마지막 한 번의 타격이 필요한 순간이 왔지. S가 나섰어. 돌칼을 들고 다가갔어. 긴 코 어금니의 목 깊이 돌칼을 찔러 넣을 참이었지. 온 힘을 다해 찔러 넣으려던 순간이었어. 그때, 긴 코 어금니가 머리를 흔들었어. 긴 코도 같이 흔들렸지. 흔들린 긴 코는 S를 협곡의 한쪽 벽으로 날려버렸어. 땅으로 떨어지던 S의 무릎이 바닥의 돌무더기에 먼저 닿았지. 무릎에서 피가 흘렀어. S가 땅을 짚고 일어섰지만 얼마 서 있지 못했어. S는 중심을 잡지 못하고 바닥으로 엎어졌지. 그 뒤로 S는 제대로 걸을 수가 없었어. 새 살이 차올라 상처를 메꿨지만 흉터와 절뚝거림이 남았지. 시간이 지날수록 귀찮은 존재가 되어갔어. 사냥을 할 수 없는 S, 먹을 것만 축내는 S.

무리가 동굴을 옮기기로 결정했을 때 무리는 S를 어떻게 할 지에 대해서도 정해야 했어. 의견은 분분하지 않았어. S를 지켜줄 어미조차 죽고 없었으니까. 무리는 S를 두고 떠나기로 했지. 아니, S가 따라오든 못 따라오든 자신들의 속도로 걸어가기로 결정했지. 나를 버리지 말아 달라. S는 그렇게 이야기하지 않았어. 대신 이렇게 말했어. 내일은 가지 마, 내일 큰 비가 올 거야. 무리는 웅성거렸어. 날씨에 관한 한 S가 틀린 적이 없었거든. 무리는 동굴을 옮기는 것을 하루 미루기로 했어. 모두들 S의 무릎에 대해 생각했지. S의 무릎이 S에게 알려주는 것들, 내일 비가 올지 흐릴지 맑을 지에 대한 것들. 미루고 가지 않은 그 하루 정말 큰 비가 왔고 무리는 S를 데리고 가기로 의견을 모았어. 이번에도 의견은 분분하지 않았지. 무리는 어린 긴 코 어금니의 능력이 S의 무릎에 스며들었다 믿었어.

거실 창밖으로 고양이 두 마리가 보였다. 그릇에 고여 있는 물을 번갈아 가며 마셨다. 지난번 내린 빗물이었다.

한 마리가 망을 보고 한 마리는 마시고, 이렇게. 그러다 거실에서 고양이를 보고 있는 G의 눈과 고양이의 눈이 마주쳤다. G는 고양이가 도망갈까 싶어 고개를 돌렸다. 창으로 어렴풋이 비치는 저것, 방금 고개를 돌린 저것은 무엇일까? 고양이는 잠시 갸웃거리다 니아옹 울음 한 번을 내고 걸어 나갔다. 빠르지도 늦지도 않게 앞발과 뒷발이 시간을 두고 내딛는 사이 고양이의 몸통이 물결치듯 움직였다. G는 고양이가 완전히 사라지고 나서야 다시 연필을 들었다.

방금 고양이들이 다녀갔어. 얼마 전부터 보이던 애들이야. 암수 한 쌍인지, 형제들인지, 자매들인지 모르겠어. 가까이 들여다본 적 없거든. 거실 창을 사이에 두고 보고 있어. 둘 다 옅은 갈색에 흰 줄무늬가 있어. 하나는 덩치가 조금 더 커. 덩치가 큰 녀석은 한쪽 눈이 이상해. 제대로 뜨질 못하는 것 같아. 어디서 다쳤겠지. 싸웠을 수도 있고. 두 녀석은 사이가 참 좋아. 앞서거니 뒤서거니 하며 걷다 조금 멀어지면 기다려주고 그래. 먹을 것을 담아내어주려 했는데 같이 사는 사람이 그러지 말라 하네. 그 사람은 고양이를 좋아하지 않거든. 그래서 보고만 있어(대신 그 사람 모르게 물그릇을 가져다 놓았어.). 다시 이야기로 돌아갈게.

H가 말했지.

-S, 네 무릎에는 긴 코 어금니의 능력이 깃들었으니까. 우리에게 도움이 되니까 그랬지. 으르렁은 무슨 도움이 된단 말이야?

-생각해 봐. 으르렁 덕분에 우리가 무사했던 걸지도 몰라. 으르렁거리는 소리가 밤마다 울렸다고 생각해 봐. 송곳니가 감히 동굴 입구까지 올 수 있었겠어? 으르렁이 있을 때는 송곳니가 동굴 입구까지 온 적 없었어. 송곳니에게 당했다는 것도 모두 동굴에서 좀 떨어진 곳에서였지. 그런데 으르렁이 가버리고 나서는 어때? 송곳니가 동굴 입구까지 오잖아. 동굴 입구에 가까이 있다가 잡혀간 것이 벌써 몇 명이야. 좀 전에 내 무릎을 잡고 늘어졌던 저 녀석도 동굴 입구 가까이의 첫 번째가 되기 싫어서 그런 거잖아. 어찌 될지 몰라. 익숙해진 송곳니가 동굴 어디까지 들어올지, 배가 고파질 때마다 와서 한 명씩 한 명씩 꺼내 갈지.

S의 말이 끝나자 모두들 동굴 안쪽으로 조금씩 몸을 옮기느라 동굴 안이 소란스러워졌다.

-으르렁이 오면 송곳니가 안 온다는 거야?

동굴 안쪽에서 누군가 다시 물었다.

-그건 모르지. 다만 으르렁이 있었을 때는 송곳니가 동

굴 입구까지, 동굴 안으로 들어온 적 없었다는 거지.

-우리가 동굴을 옮기면 되지. 옮기자.

또다시 누군가 말했고 누군가 대답을 했어.

-지금 뱃속에 아기가 있는 어미만 넷이야. 곧 나올 거야. 기다려야 해. 아기가 나오고 움직일 만하면 추워질 거야. 당분간은 못 옮겨. 그리고 근처에 이만한 동굴 없다는 것 모두들 알잖아.

-그래, 으르렁을 데려온다고 치자. 누가 데리러 갈 건데?

H가 정리하듯 물었어. S가 무릎을 두드리며 대답했지.

-나는 무릎 때문에 힘들어. 처음 으르렁을 찾아오자고 했던 녀석 하고 너하고 다녀오면 되겠네.

-왜 난데?

-저 녀석과 나, 너 이렇게 세 명이 제일 말 많이 했잖아. 그리고 우리 중에서는 네가 제일 귀가 밝잖아. 으르렁 소리를 제일 잘 듣지 않겠어. 길도 잘 아는 편이고.

H는 어깨를 살짝 펴다 고개를 좌우로 돌리다 흠흠 거렸어. 으쓱거렸지. C가 H 옆으로 와 섰어.

-언제 출발할까?

H가 물었고 S는 지금이라도 준비되는 대로 출발하는

것이 좋지 않겠냐 대답했지.

H와 C는 으르렁을 찾아갈 준비를 했지. 준비라고 해서 특별한 것은 없어. 나무 작대기, 날카로운 돌칼. 먹고 마시는 것은 현지에서 구해야 하니까. 인사라 할 것 없는 인사를 나눴고 동굴 밖으로 나섰어. C가 H에게 물었어.

-어느 쪽으로 가야 할까?

H가 대답했어.

-일단 숲의 끝으로 가자. 으르렁을 만났던 곳으로. 그리고 어두워지길 기다렸다가 귀를 기울여야지. 으르렁 소리가 나는 방향을 찾아야 하니까. 다행히 으르렁이 근처 어딘가 동굴에서 자고 있다면 소리가 크게 울릴 테니까. 하긴, 그 정도로 크게 소리가 울린다면 제아무리 송곳니라 해도 겁이 나겠지. S의 말이 일리가 있어. 그럴듯해.

여기서 이야기는 끝나. 으르렁을 찾았냐고? 글쎄, 잘 모르겠어. 찾는 게 그리 쉽겠어. 한 번 버리고 내보낸 것들을 다시 찾아 품에 안기가 쉽겠어? 찾아낸다 해도 으르렁이 돌아온다는 보장도 없지. 내보내기 전에 깊이 생각을 했어야지. 각오를 했어야지. 아니, 애초에 누군가를 내보낸다는 생각을 하지 말았어야지. 그것보다 말이야. 코를 심하게 곤다고 쫓아내는 게 말이 돼? 내가 지어낸 이야기지만 정말 웃기지 않아? 어때? 너는 소리 내어 웃었니?

궁금해졌어. 그해 그 계절에 무슨 일이 있었던 걸까? 넌 코를 골지도 않고 절뚝거리지도 않았는데. 언젠가 널 만나면, 손등을 쓰다듬을 기회가 있다면 묻고 싶어. 우리가 무슨 잘못을 한 건지, 넌 우리를 용서할 수 있는지, 다시 함께 할 수 있는지.

G는 연필을 놓고 다이어리를 덮었다. 손으로 눈가를 훔치고 크리넥스 티슈를 한 장 뽑아 팽 하고 코를 풀었다. 거실 창 밖 고양이가 지나간 길을 멍하니 바라보다 갑자기 다이어리를 열고 연필을 집어 들었다.

네 이름이 뭐지? 네 이름이 떠오르지 않아. 네 이름을 알 수가 없어. 모르겠어. 네가 있는 곳. 너에게로 가는 길.

이 이야기를 어떻게 전해줘야 하는 거니. 친구야, 내 오랜 친구야.

작가 노트

출근길, 비가 내리고 있었다. 잠깐 앉았다 나갈까 하고 생각하는 순간 차창에 흐르는 빗물 사이로 노란 무언가를 발견했다. 해바라기였다. 누군가 맞은편 공터에 해바라기를 심었던 모양이다.

담장처럼 솟아 있는 폼이 제법 멋있었다. 넓고 부드러운 잎사귀를 달고 적당한 거리를 두고 서 있는 해바라기 무리는 보기에 좋았다. 같은 곳을 바라보는 꽃들은 환한 얼굴로 누군가를 맞이하는 듯했다. 고개를 돌리다 엇, 뒤돌아서 있는 해바라기들을 보았다. 모두들 한 곳을 보고 있는 줄 알았는데 두세 놈 뒤돌아있었다.

그날 이후 출퇴근 시간은 뒤돌아있는 해바라기들을 살피는 시간이 되었다. 바로 서 있는 해바라기들이 괴롭히는 것은 아닌지, 큰 놈들이 햇빛을 독차지하는 것은 아닌지, 그래서 더 크지 못한 꽃들이 시들어 가는 것은 아닌지 살피게 되었다. 다행히도 잘 버티고 있다. 앞을 보고 있는 해바라기와 뒤돌아있는 해바라기는 앞뒤를 경계하는 병사와 같이 등을 맞대고 계절을 지키고 있다.

소수와 약자는 다른 말이다. 소수를 약자로 만드는 것은 다수의 책임이다. 다수의 존재는 소수의 존재를 덮지 못한다.

고흐 생각이 났다. 그가 그렸다는 일곱 개의 해바라기 작품(남아있는 것은 여섯 점이다)이 보고 싶다. 무슨 색을 썼는지, 얼마나 멋있는 지는 관심 없다. 해바라기들이 어디를 바라보고 있는지가 궁금하다.

해바라기 그림을 그려주기로 한 친구가 있다. 그때는 뒤돌아선 해바라기를 알기 전이었다. 샛노란 해바라기를 그려 달라 부탁했었다. 전화를 다시 해야겠다. 부탁을 바꿔야겠다. 뒤돌아선 해바라기 두세 송이를 꼭 같이 넣어달라고.

소수를 위해. 으르렁을 위해

2017년 포항소재문학상 대상을 수상하며 작품 활동을 시작했다. 자신이 세상에 쓸모없다 느낄 때 이야기를 지어낸다. 그래서 앞으로도 계속 소설을 쓸 것 같다. 재능과는 관계없다.
ssnnsaram@daum.net

김
도
일

관목
貫目

칼과 비늘

고드름 같은 멜로디가 고막으로 훅 들어온다. 베개로 머리통을 감싸도 소용이 없다. 할 수 없이 엉덩이를 세우고 폰을 향해 팔을 더듬었다. 솜이불이 다리에 말려 발버둥을 몇 번 치고 나서야 상황을 진정시킬 수 있었다. 느닷없던 난리가 뚝 멈추자 구석으로 밀려났던 어둠이 다시 방을 차지했다. 겨우 엉덩이를 세워 앉았다. 이불 속에 웅크리고 있던 시큼한 땀내가 눈치를 보며 기어 나왔다. 마른세수 몇 차례로 어긋난 육신과 정신을 맞췄다. 불을 켜고 게슴츠레 곁눈으로 벽에 걸린 거울 속 모습을 봤다. 머리는 한쪽으로 쏠려 천장을 향해 뻗어 있고 볼에는 베개 자국이 선명했다. 턱 아래는 벌건 손톱자국이 겹겹이 새겨졌고, 아직 형광등에 적응하지 못한 눈두덩은 송편을 붙여 놓은 것 같았다. 시간 가는 줄 모르고 게임을 하다가 라면을 끓여 먹고 잔 것이 후회됐다. 발을 뻗어 방구석에 아무렇게나 구겨져 있는 내복을 당겨왔다. 목과 소매에 까만 기름때가 끼었지만 하루 더 입기로 했다. 솜 누빔 바지와 털실 스웨터에 몸을 집어넣는 중에도 하품은 계속 나왔다.

서늘한 주방에는 불이 켜져 있었다. 파리한 조명이 차가운 공기에 부채질하는 것 같다. 식탁 위 접시에 엄마가 먹기 좋게 잘라 놓은 삶은 고구마가 담겨 있었다. 한 조각을 입에 넣고 냉장고에서 꺼낸 베지밀에 빨대를 꽂았다. 고소한 액체가 뻑뻑한 목구멍을 시원하게 뚫어준다. 이 정도면 아침밥을 먹을 때까지 허기는 면할 것이다. 소금기와 비늘로 얼룩진 외투를 걸치고 장갑과 모자로 채비를 한 번 더 하고 나서 문을 열었다. 숨을 들이쉬니 소금기 먹은 새벽공기가 폐 안에서 눈처럼 뭉쳐지는 기분이다. 드문드문 박힌 별이 하늘을 더 검게 보이게 했다. 가만히 보고 있으면 별의 숫자는 더 늘어난다. 수평선에서부터 쉬지 않고 온 파도가 길 건너 움푹한 옹벽을 부드럽게 쓰다듬는 울림이 길고양이의 갸르릉거리는 소리처럼 들렸다. 하늘의 별과 파도소리로 짐작하건대 오늘의 하늘은 맑고 바다는 잔잔할 것 같다. 걸어서 오 분 거리인 작업장의 일과는 아직 별이 하늘에 단단히 매달려있을 때부터 시작된다. 엄마와 할머니는 아마 두 시간쯤 전부터 전날 받아 해동시켜 놓은 꽁치의 배를 가르고 있을 것이다.

내 이름은 철수다, 박철수. 이제 막 열일곱이 되었고 키는 백육십오 센티에 몸무게는 오십팔 킬로. 또래 중 작은 편에 속하지만, 깡은 전교에서 최고다. 그 깡으로 진즉에 우리 학교 통이 되었다. 싸움은 덩치로 하는 게 아니라는 게 스승님과 나의 공통된 생각이다. 그렇다고 친구들 돈을 뺏는다던가 빵셔틀을 시키는 따위의 더러운 짓은 하지 않는다. 난 양아치가 아니라 무도인의 삶을 추구하는 사람이다. 중학교에 입학 후 얼마간의 서열정리 기간 후로는 싸움한 적도 없다. 어쩌다가 선생님이나 어른들이 "너희들 중에서 누가 싸움을 제일 잘하니?" 물어보면 "철수요."라는 의견이 학생들 전반에 일치한다는 정도이지 통이라고 해서 크게 편리한 점도 없다.

이름 이야기를 좀 하자면, 철수라는 이름은 아빠가 남

자 이름 중 가장 흔한 이름-이라고 생각한 것-으로 골라 정한 것이다. 아마 여자로 태어났다면 영희가 되지 않았을까. 당신의 아들이 대한민국의 흔한 이름처럼 평범하게 살길 바라는 마음은, 베트남에서 맞선으로 엄마를 만나 말도 통하지 않는 신부와 결혼했을 때 생기지 않았을까 생각한다. 그러나 아빠 생각과 달리 철수라는 이름은 그렇게 흔치 않은 이름이었다. 초등학교에 입학하여 지금까지 내가 아는 성빈은 둘, 채원은 셋이나 있었지만, 철수는 나 혼자였다. 다만 교과서 안에서는 한 번씩 철수가 등장해서 수업 시간에 종종 조롱 섞인 관심을 받곤 했는데 그럴 때마다 내 엉덩이는 의자에서 미끄러져 책상 밑으로 가라앉았고 잔뜩 짧아진 목 위로 피가 쏠렸다. 이름과는 다르게 내 외모는 남들과 조금 달랐다. 어릴 때부터 덩치도 작았고 피부도 남들보다 하얬다. 밖에서 뛰어노느라 소금기 가득한 태양과 바람에 물들어 까무잡잡하기는 했지만, 그러는 중에도 내 피부는 창백한 어둠에 가까웠다. 윗부분이 살짝 내려앉은 코, 쌍꺼풀이 진하게 그어져 있는 커다란 눈. 이런 생김새와 이름 때문에 나는 어디를 가나 눈에 띄는 존재가 되었고 친구들의 놀림은 싸움의 원인이 되었다. 처음에는 작은 덩치 때문에 일방적으로 맞기만 했다. 엄마한테 얘기해봐야 뾰족한 해결책이 있는 게 아니어서 이르지도 못하고, 쓰나미가 와서 날 물어뜯던 독사 같은 새끼들과 괴롭힘을 당하는 줄 알면서도 못 본 척하던 선생들이 파도에 쓸려 가버리기를 매일매일 기도했다. 그러다가 영화 「바람의 파이터」를 보고는 최배달이라는 거대한 산을 스승으로 모시게 되면서 인생이 바뀌었다. 너무 감동해서 몇 번이고 보고 또 봐서 이제는 대사는 물론 액션 동작 하나하나를 외울 정도이다. 스승의 사진을 어렵게 구하여 벽에 걸고 두고 학교에 갈 때마다 그 앞에 허리를 숙이면서 무도인으로서의 각오를 다졌다. 그때부터는 맞는 것도 수련의 일부라고 생각하며 맞았는데 그러다 보니 주먹을 흘려버리는 방법을 자연스레 알게 되고 안 아프게 발길질을 당하는 요령도 생겼다. 컴컴해지면 뒷산에 가서 소나무를 상대로 발차기와 정권 지르기를 연마하였고 거울만 보이면 그 앞에 서서 가드를 올렸다. 눈두덩이는 늘 다시마 색깔이었고 입술은 부어서 개불 같았다. 주먹은 딱지가 앉을 만하면 까지고 또 까져 물이 닿을 때마다 쓰라렸다. 하루하루 피 말리는 승부에서 점점 승수를 쌓기 시작하더니 아이들이 슬슬 피하는 게 보여 아픈 줄도 몰랐다. 그러다가 학교에서는 이제 적수가 없고 이웃 면에 있는 학교까지 평정하게 되었을 때, 박철수 하면 엄마가 베트남인인 '튀기'에서 깡 좋고 학교 통인 '깡통'으로 앞 수식어가 바뀌게 되었다. 있는 듯 없는 듯 평범하게 살기를 원하는 아버지의 바람을 이루기 위해 항상 노력하는 편이지만 지금까지는 결과가 그리 좋은 편이 아니다.

작업장에서는 좌판용 의자에 퍼질러 앉은 엄마와 할머니가 도마를 앞에 끼고 부지런히 꽁치의 배를 가르고 있었다. 사방에 튄 비늘이 형광등 불빛을 받아 반짝거렸다. 두 사람이 쥐고 있는 칼은 날이 박카스병 길이인데 한 손에 잡고 작업하기 딱 좋다. 앉은자리 옆에는 작업 중간중간에 기름기 많은 꽁치 때문에 뻑뻑해진 칼을 갈기 위한 숫돌이 있었다. 비스듬히 경사지게 만든 도마 위에 못이 거꾸로 박혀 있다. 그 못에 꽁치의 눈을 끼워 미끄러지지 않게 고정한 다음, 아가미 아랫부분에 칼을 넣어 꼬리 부분까지 포를 뜬다. 다시 꽁치를 뒤집어서 같은 과정을 거치고 나면 머리와 내장이 분리된 꽁치 몸통이 꼬리지느러미에 두 갈래로 붙어 남아있게 된다.

아주 옛날에는 겨울날 대나무나 사리나무로 만든 꼬챙이로 온전한 꽁치나 청어의 눈을 뚫어서 부엌 창문에 걸어두면 밤에는 얼고, 낮에는 녹기를 반복하다 보름쯤 뒤에는 먹기에 딱 좋은 과메기가 됐다고 한다. 요즘은 온전한 꽁치로 만든 것은 과메기 중에서도 통마리라고 불러 배지기(할복작업 한 것)와 구별을 한다. 전문대를 나와 동네에서 가장 가방끈이 긴 어촌계장님이 눈을 뚫는다는 뜻의 관목이라는 말이 관메기로 바뀌고 다시 과메기가 되었다고 이야기해 줬을 때, 통으로 얼리든 살을 발라 말리든 눈을 뚫리는 꽁치의 운명은 별반 다를 게 없구나라고 생각했다.

벽에 걸어둔 방수 작업복을 몸에 걸치고 두 겹의 목장갑 위에 고무장갑을 끼우는 동안에도 하품이 계속 나왔다. 방수복 안에는 바람이 옮겨놓은 겨울 공기가 가득 담겨 있었다. 성인용이라 내 품에는 커서 내려오는 바지를 몇 차례 추켜 올렸다. 그렇게 밍기적거리는 동안 저쪽에서 기어이 한 소리가 나왔다.

"좀 빠릿빠릿하게 움직이지 못하겠나? 니가 그라면 그랄수록 작업은 더 늦어지는 거 모리나? 누구를 닮아가 이래 굼뜨고 게을러 쌌노?"

"야야, 그라지 마라. 한참 잠이 많을 나이 아이가. 지 또

래들은 이런 데 나올라 하지도 않고 아직 한밤중일낀데 얼매나 기특하노. 우리 귀한 장손을 이래 부려 먹어가 우짜겠노. 쪼매만 기운 내가 퍼뜩하고 집에 들어가자. 이따 저녁에 할매가 오늘 삯 후하게 쳐 주께."

첫 번째 꼬챙이

지금부터 하는 이야기는 우리 가족에 관한 이야기다. 할아버지는 내가 태어나기 한참 전에 돌아가셨기에 그 이후부터 시작하려 했지만, 어쩌면 할아버지의 이야기가 우리 가족을 한 두름으로 엮는 나일론 끈과 같다는 생각이 들어 시작점을 할아버지로 잡는다. 당연히 맨땅에 헤딩하는 기분이다. 어렸을 때부터 할머니와 아빠한테 들은 이야기를 이리저리 끼워 맞추고 중간에 비고 끊어지는 부분은 상상력으로 채워 보겠다. 할아버지의 이름은 '원' 자 '득' 자이고 아빠가 열 살 때 돌아가셨다. 원래는 건강하셨는데 어느 날부터 서서히 팔다리에 힘이 빠지더니 제대로 걷지도 못

해 누워만 지내다가 돌아가실 때쯤엔 머리부터 발끝까지 근육이 꽈배기처럼 뒤틀렸다고 했다. 큰 대학병원과 텔레비전에 나오는 유명한 한의사를 찾아봤지만 그 원인을 찾지 못하였다. 할머니는 할아버지의 증상에 조금이라도 효과가 있다는 얘기를 들으면 어떻게든 구해와 먹이고 용하다는 무당을 불러 굿도 해보았지만 그때마다 논밭만 한 뙈기씩 떨어져 나갈 뿐이었다. 할아버지 사진은 할머니 방에 들어가면 방문 위에 걸려 있는데 나와는 다르게 얼굴도 우락부락하고 덩치가 우람해 보였다. 어렸을 때 할머니가 자주 가는 절 앞에서 내가 사천왕상 중 하나를 가리키며 '할배다.'라고 했다는데 나는 기억이 없다. 그렇지만 할머니는 지금도 그 얘기를 가끔 하시며 나를 기특해하시는데, 꼭 끝에는 '할배는 사천왕 중에 하나가 돼가, 우리 손주 잘 되게 늘 지켜줄끼다.'라며 마무리를 하신다.

할아버지의 엄마, 즉 증조할머니가 할아버지를 낳기 전에 아기가 생기지 않아 엄청난 금액의 돈과 제물을 절에 시주하고 불공을 드렸다고 한다. 불공의 효험인지 할아버지를 가져 배가 점점 불러오던 어느 날, 범상치 않아 보이는 스님 하나가 탁발을 왔는데 증조할머니를 보고는 '이 아이는 부처님의 가피를 입어 세상에 나오는 아이이니 손에 피를 묻히는 일을 멀리 하라'고 일렀다고 한다. 그러나 갯가에 터를 잡고 바다에 밥줄을 매어 둔 집에서 손에 피를 안 묻힌다는 건 짜장면을 먹으면서 깨끗한 입술을 유지하는 것과 비슷하다. 머리가 굵어진 친구들은 모두 나가는 뱃일을 못 나가니, 사람 구실 못한다고 뒤에서 수군거리는 소리가 귓방망이를 때렸다. 이웃 사람들의 뒷말도 신경 쓰이는 데다 크기라고는 말린 오징어 한 마리만 한 동네가 답답했던 할아버지는 큰 사고를 치게 되는데, 부모 몰래 군대에 지원한 후 아무에게도 알리지 않고 도둑 입대를 해버린 것이다. 갑자기 사라진 아들의 행방을 몰라 발을 동동 구르다 쑥대밭이 된 할아버지의 집에, 어디 가서 객사한 게 분명하다고 여겨 굿으로 원혼이나 달래주려 할 때쯤, 파란색 인주로 큼직하게 군사우편이라고 찍힌 편지 한 통이 도착했다.

할아버지가 군 생활을 한 지 일 년이 좀 지났을 때, 빨갱이들이 전쟁을 일으킨 월남이라는 나라에 파병을 갈 지원자를 모집한다는 이야기를 들었다. 한 번도 본 적 없는 빨갱이라는 존재에 대한 주입식 교육을 충실하게 받은 덕분에 할아버지는 잠깐의 망설임도 없이 지원하였다. 물론 거기 가면 월급의 몇 배나 되는 파병 수당을 받을 수 있다는 것도 지원하는 데 큰 몫을 한 게 사실이다. 파병을 떠나기 전 마지막 일요일, 증조할머니는 드디어 아들의 얼굴을 볼 수 있었다. 할아버지가 좋아하는 음식을 바리바리 싸서 면회를 온 증조할머니는 빡빡 깎은 머리에 전보다 야위었지만 단단해진 아들이 눈에 들어오자마자 눈물보가 터졌다. 면회 시간 내내 아들의 손을 놓지 않고 눈물을 짜내던 증조할머니는 헤어질 시간이 다 돼서야 할아버지의 손에 작은 천 쪼가리를 쥐여 주었다. 꼬깃꼬깃 접힌 것을 펴 보니 테두리에 보드라운 레이스가 달린 분홍색 여자 팬티였다.

"내가 어디 가서 물어보니께 시집 안 간 처자가 입던 빤스를 입고 있으면 총알이 피해 간다 카더라. 처자들이 어디 쉽게 입던 거를 줄라 하나? 머구리집 정 씨 여편네한테 사정사정해가 그 집 둘째 딸래미꺼 겨우 얻어왔다. 빤스가 쪼맨해가 입을 수야 있겠나마는, 항상 몸에 지니고 다녀래이. 절대로 앞에 나서지 말고 살생하지 말아래이. 이게 무신 일이고? 인제라도 맘을 바꿔 묵어가 안 가믄 안 되겄나? 아이고, 내 새끼야."

할아버지는 손 안의 팬티를 주머니에 넣으면서 정 씨

아저씨 둘째 딸 윤자를 생각했다. 까만 단발머리에 까무잡잡한 피부, 편편한 얼굴에 얹힌 단추같이 빠꼼한 눈, 얼굴 크기에 비해 살짝 작은 코와 입, 작은 키 때문에 더 돋보이는 큰 가슴과 그것 때문에 살짝 구부정해진 등의 곡선까지. 그때만큼은 윤자가 애인이라도 되는 듯 느껴졌다. 아랫배에 피가 쏠려 바지 속이 빳빳해진 할아버지는 월남에 도착하면 윤자에게 편지를 써서 사진이라도 하나 보내달라 해야겠다고 생각했다. 덧붙이자면, 할머니 이름은 윤자가 아니다. 한참 뒤에, 시집간 윤자가 친정에 온 날엔 희한하게 할아버지는 할머니한테 트집이 잡혀, 밥을 못 얻어먹기 일쑤였다고 한다.

◎

며칠 뒤, 할아버지가 속한 부대는 군용 트럭과 기차를 번갈아 타고 부산항으로 이동하였다. 기찻길을 따라 초가지붕이 모여있는 마을이 드문드문 나타났다. 할아버지는 그게 꼭 줄기에 붙은 콩깍지 같다고 느꼈는데 고향 논둑을 따라 심어놓은 메주콩 생각이 났다. 저녁나절이 되어서야 도착한 부산항에는 병력을 싣고 전장으로 갈 두 척의 거대한 수송선이 정박해 있었다. 배에 오른 할아버지의 부대는 각자 침실을 배정받았다. 늘어뜨린 쇠사슬에 매트리스가 3층으로 매달린 침대의 맨 아래 칸에 누워, 할아버지는 이끼가 끼고 칠이 바랜 목선의 이물에 누워 바라보던 고향의 밤하늘을 생각했다.

출항일은 다음날이었다. 아침부터 부두엔 환송을 위한 사람들이 모여들었다. 어깨를 바로 하고 서 있지 못할 정도로 빽빽하게 모인 이들의 손에는 하나같이 태극기가 들려 있었다. 내장까지 울리는 고동소리와 함께 홋줄이 풀리고 거대한 쇳덩어리가 서서히 육지에서 멀어졌다. 갑판 위에 도열한 장병들은 목이 터져라 군가와 아리랑을 불러댔다. 할아버지도 그 무리 속에서 오른 주먹을 아래위로 흔들며 목에 핏줄이 선명해지도록 목청을 높였다.

“삼천만의 자랑인 대한 해병대 얼룩무늬 번쩍이며 정글을 간다 월남의 하늘 아래 메아리치는 귀신 잡던 그 기백 총칼에 담고 붉은 무리 무찔러 자유 지키러 삼군에 앞장서서 청룡은 간다”

피가 얼굴로 쏠렸는지 촉촉한 눈이 벌겋게 충혈되었

다. 수만 개의 태극기가 펄럭거리는 부두를 보며 혹시 어머니가 왔는지, 한 번 더 어머니 얼굴을 볼 수 있을지 눈동자를 이리저리 굴렸지만, 시야는 점점 뿌옇게 아른거리기만 했다.

오래된 배는 온갖 냄새들이 먼저 자리를 잡고, 배에 처음 오른 이들에게 텃세를 부리고 있었다. 환기장치가 작동하지 않는 선실은 기름 냄새와 언제 세탁한 지 모르는 매트리스 냄새, 쥐의 사체가 썩은 냄새 등이 섞여 괴상한 노린내를 풍겨냈다. 며칠이 지나자 거기에 땀에 절은 인간의 체취와 뱃멀미에 뿜어낸 토사물 냄새까지 더해져 시큼하다 못해 매캐한 가스를 만들어냈다. 미국인 선원이 한 번씩 들어올 때마다 코를 쥐어 잡고 알아듣지 못하는 말로 선실의 책임자를 윽박질렀는데, 영어를 모르는 할아버지에게도 F와 S발음이 유독 또렷하게 들렸다.

항해 날짜가 하루하루 늘어날수록 날씨는 점점 더 습하고 더워졌다. 낮에는 위에서 내리쬐는 태양과 달궈진 갑판 때문에 도저히 밖으로 나갈 수가 없었고 밤이 되어서야 겨우 바깥바람을 쐴 수 있었다. 더위와 냄새와 뱃멀미 때문에 낮과 밤이 바뀐 채, 이러다가 빨갱이는 코빼기도 못 본 채 바다 위에서 누렇게 떠 죽을 것만 같은 예감으로 일주일을 보낸 후에야 저 멀리 희미하게 육지가 보였다. 배는 남중국해를 통과하여 캄란만에 들어섰다. 움푹 파인 육지가 바다를 포근하게 감싸 안은 지형을 보면서 할아버지는 고향의 영일만을 생각했다. 월남의 바다색은 신기하게도 고향의 그것과 닮아 있었다. 자신이 선택한 결과가 돌고 돌아 결국은 손에 사람의 피를 묻히게 될지도 모르는, 혹은 자신이 죽을 수도 있는 곳에 떨어졌다는 게 기가 막혔다. 살아서 돌아갈 수 있다면 고향에 발을 붙이고 고기잡이를 하며 조용하게 살고 싶다고, 암만 그래도 사람 피보다는 물고기 피가 낫지 않겠냐는 생각이 들었다. 고향에는 추석이 며칠 지나지 않았을 1965년 10월 8일의 일이었다.

두 번째 꼬챙이

아빠의 이름은 '동' 자 '근' 자이다. 아빠는 태어날 때부터 오른쪽 다리가 다른 쪽에 비해 확연히 가늘었다. 걸음도 남들보다 한참이나 늦게 떼었는데 그마저도 걸을 때마다 오른쪽 골반이 움푹 접혔다가 펴지기를 반복해서 위태롭게 보였고 그렇게 보이는 만큼 자주 넘어지고 다쳤다. 미처 다 자라지 못한 오른쪽 다리는 몸을 지탱하는 다리 본연의 구실을 하지 못하고 곁가지처럼 달라붙어 걸을 때 그저 장단이나 맞추는 구실밖에 하지 못하였다. 그런 이유로 아빠에겐 병신이라는 꼬리표가 항상 뒤에 붙어있었다. 다부진 체격에 감기 한 번 앓은 적이 없는 강골의 아비와 출산을 한 다음 날부터 바다와 밭으로 돌아다녀도 아무렇지도 않은 튼실한 어미 사이에서 어찌 저리 성치 않은 자식이 나왔을까는 동네 사람들이 아빠를 입에 올릴 때마다 몇 갈래로 갈라지는 논쟁거리였다. 누구는 스님 말을 안 듣고 월남에서 사람을 많이 죽여 그 귀신이 달라붙어 그렇다고 했고, 한편에서는 할머니가 태중에 아이가 들어선 줄 모르고 그물에 걸린 돌고래의 배를 갈랐는데 그게 용왕의 자식이라 하는가 하면, 마을에 별신굿을 할 때 우리 할아버지의 할아버지가 술에 취해 굿상을 엎은 게 후대에 탈이 난 것이라며 원인을 한참 윗대에서 찾기도 했다. 그렇게 사람들끼리 패가 나누어져 내 말이 맞고 네 말이 틀리다 침을 튀기며 소리를 높이다가도 할아버지나 할머니가 나타나면 갑자기 입을 닫고 먼 산을 보며 헛기침을 하거나, 바쁜 일이라도 생긴 양

자리를 피하는 것이었다.

불편한 몸에 비해 아빠는 깡이 아주 셌고 성질도 보통이 아니었다. 아빠가 내 나이쯤일 때, 동네 사람 하나가 술김에 대놓고 병신이라고 했다가 아빠가 낫을 들고 설치는 바람에 식겁을 했다고 한다. 처음에는 몸도 정상이 아니고 힘도 없는 게 뭘 하겠나 싶어 별것 아니라고 여겼다가 아빠가 벌건 눈을 해서 시퍼렇게 날이 선 낫을 휘두르며 그 집 앞에 진을 치고 죽인다고 을러대니 결국엔 당사자의 부모가 무릎을 꿇고 사과해서 겨우 마무리되었다. 그 뒤로 아빠 앞에서는 대놓고 다리를 가지고 뭐라 하는 사람이 없었다. 아빠는 또 어떤 일이든 마음에 들지 않는 데가 있으면 판을 엎어버리기로 유명했다. 아무리 괄괄한 바다 사람들이래도 장애인을 상대로 대거리를 해서는 잘해 봐야 본전이기 때문에 더럽지만 피하는 것도 있었을 것이다. 결혼 전 아빠의 소일거리는 휘청휘청 걸어서 구판장에 가 할머니가 준 돈으로 소주를 사서는, 굵은소금 몇 알을 안주 삼아 마시는 것이었다. 아빠가 구판장에 나타나면 이미 자리를 잡고 술판을 벌이던 사람들과 필요한 물건을 사러 온 이들이 마치 비 오기 전의 개미들처럼 분주하게 흩어졌다.

이런 개차반 아빠가 그래도 동네서 쫓겨나지 않고 살

수 있었던 것은 할아버지의 인심과 할머니의 심성도 한몫했지만, 아빠도 나름대로 동네에 쓸모가 있었기 때문이다. 가령, 옆 동네와의 분쟁이나 읍사무소 같은 관과 관련된 민원이 동네의 뜻대로 진행되지 않을 때 아빠는 아주 훌륭한 해결사 노릇을 하였다. 마을 해경 신고소에 새로 부임한 순경 하나가 규정에 너무 철저한 나머지 야간 출항 시간을 살짝 어긴 선박들에 무더기로 과태료를 끊은 일이 있었다. 신고소장과 어촌계장이 아무리 중재를 해봐도 법대로 하겠다는 신참 순경의 의지를 꺾을 수 없었다. 이후 아주 사소한 위반이라도 그 순경한테 걸리면 얄짤이 없었다. 동네 사람들은 두엇만 모여도 융통성이라고는 멸치 내장만큼도 없는 순경을 씹어대기 바빴다. 그러다가 술이라도 몇 잔 들어가면 목소리는 더 높아지기 마련이고 그게 한참 동안 계속되니 아빠의 귀에도 거슬렸던 모양이었다. 그러던 어느 날, 신고소 문이 드르륵하고 열리더니 한 손에 바께스를 든 아빠가 들어왔다. 직원들이 무슨 일인고 멀뚱멀뚱 쳐다보고 있는 사이 아빠는 아무 말도 안 하고 절뚝거리며 신참 순경에게로 갔다. 의문의 인간을 앉아서 맞이할지 일어서서 응대할지 엉거주춤한 자세를 취하던 그에게 아빠는 손에 들려 있던 것을 냅다 들이붓고는 아무 일 없다는 듯 신고소를 나왔는데 신참 순경이 덮어쓴 것은 막 썩기 시작한 생선 내장들이었다. 신고소에서 고함과 비명이 터져 나온 것은 아빠가 신고소를 유유히 나오고 약 이 초가 흐른 뒤였다. 뒤에 신참 순경은 공무집행방해죄니 폭행죄니 하며 아빠를 잡아넣어 콩밥을 먹이겠다고 길길이 날뛰었지만 결국엔 본인이 다른 곳으로 전근 조치되는 것으로 대충 훈훈하게 마무리되었다.

이러한 아빠지만 할머니 말씀만큼은 잘 듣는 효자여서 동네에서 행패를 부리다가도 할머니가 나타나서 '동근아, 이제 그만 집에 가자.' 그러면 집에서 키우는 똥개마냥 할머니 뒤를 따라갔다. 할머니는 아들이 성하지 않은 몸 때문에 장가도 못 가고 총각으로 늙어 죽지 않을까 걱정이 이만저만 아니었다. 장가를 가면 앞뒤 안 가리는 불같은 성미도 수그러들 것만 같았다. 머리를 싸매고 방법을 궁리해 봐도 해결책이 없어 가슴에 갑갑증이 자라고 있을 때, 한 줄기 빛 같은 소식이 들렸다. 군청에서 관내 노총각들을 대상으로 외국인 여성들과 맞선을 주선한다는 것이었다. 할머니는 직접 군청까지 찾아가 방법을 알아보고 자격이 안 돼 걸리는 부분은 읍소와 눈물, 협박 비슷한 것으로 극복하여 거기에 아빠를 밀어 넣었는데 그때 아빠의 나이는 노총각은 커녕 결혼 적령기도 안 된 스물다섯이었다.

◎

할머니의 필사적인 강요도 있었지만, 사실 아빠도 본인의 앞날이 여자하고 신방 한번 못 꾸며보고 몽달귀신이 되지 않을까 내심 걱정이 되던 차여서 별 저항 없이 무리에 섞였다. 살아오면서 이제껏 여자가 자신에게 호감을 보였던 적은 없었으므로 외국 여자인들 별반 다를 게 있을까 싶기도 하였지만, 여자와 맞선을 본다는 것 자체만으로 아빠는 흥분이 되었다. 그리고 지금까지 제일 멀리 나가본 곳이 읍내가 다인 아빠에게 비행기를 타본다는 사실과 해외여행이라는 호사도 가슴을 설레게 하였다. 그리하여 어릴 때부터 말로는 수없이 들어왔던 베트남에 발을 딛게 되었다.

한때 아빠의 아버지가 죽을 고비를 수없이 넘겼다는 곳. 좀처럼 그때 일은 꺼내지 않다가 술이 거나하게 취할 때면 한 번씩 얘기해 주던 곳. 덥고 습한 공기에 숨이 턱턱 막히던 날씨가 갑자기 비가 또 며칠이나 계속 오다가 또 거짓말같이 해가 난다는 곳. 너무나 우거진 나머지 한낮에도 햇빛이 뚫고 들어오지 못한다는 정글과 1년 내내 여름이어서 쌀농사를 한 해에 세 번이나 지어도 된다는 허풍 같은 이야기를 할아버지는 아빠에게 동화처럼 들려주었다. 그곳에 터를 잡고 수백 년을 살아오고 있는 조그만 체구와 선한 눈을 가진 사람들과, 여기와는 한참 다르면서도 많이 비슷한 마을의 풍경. 총구를 앞세우고 나타난 타국의 청년들과 두려움에 가득 찬 동그랗고 맑은 눈동자들. 그리고 이편저편 할 것 없이 살아서 고향으로 돌아가지 못한 이들. 할아버지의 이야기는 언제나 동화 같은 풍경으로 시작했다가 사람들의 이야기에 이르러서는 비극으로 마무리되었다.

●

총 5박 6일의 일정 둘째 날에 아빠는 세 번의 맞선을 보았는데 첫 번째 만남에서 본 여인 때문에 나머지 두 여인은 제대로 기억이 나지 않았다. 처음 보는 하얀 피부와 가까이서 맡아보는 화장품 냄새에 아찔하기도 하였고, 맞선 내내 보여준 따뜻한 미소가 아빠를 현기증 나게 했다. 할머니를 제외하고 지금까지 아빠에게 그렇게 따뜻하게 웃어준 여자는 그녀가 처음이었다. 말은 제대로 통하지 않았지만, 적어도 싫어하지 않는 느낌이었다고 아빠는 믿었다. 열대과

일 주스가 담긴 테이블 위 유리잔에 눈을 고정하고 있다가, 말을 할 게 있으면 고개를 들어 동그란 눈으로 상대를 보며 입술을 움직이고는, 끝난 후엔 가지런한 치아를 방긋 드러내며 다시 고개를 숙이던 첫 번째 여인의 여운이 너무 컸다. 만약 맞선 순서가 바뀌어 두 번째나 세 번째 여자를 먼저 만났었다면 결과가 달라지지 않았을까 하는 생각도 있었지만, 아빠의 마음은 이미 첫 번째 여인으로 가득 찼다.

혼사는 일사천리로 진행되었다. 여자의 의사도 싫지 않음이 확인되자, 사흘째에 또 한 번의 데이트와 예비신부의 건강검진이 있었고 나흘째 드디어 결혼식과 합방이 이루어졌다. 그리고 다음 날, 먼저 신랑부터 귀국하고 신부는 혼인신고와 귀화를 위한 절차가 마무리되는 한 달 뒤쯤 한국으로 출발할 것이다.

두 번째 타는 비행기였지만 모두 일주일 전보다는 조금은 자연스러웠다. 일행 중에는 타국에서 상투를 올리고 유부남이 된 이들도 있었고 올 때와 처지가 달라지지 않은 이들도 있었는데 하나같이 얼굴에는 피곤한 기색이 역력했다. 다만, 누구는 얼굴에 웃음기가 떠나지 않는 기분 좋은 나른함이었고, 누구는 전날 과음으로 쓰린 속을 달래 숙취에 찌든 모습이었다. 출국장으로 향하는 아빠 곁에는 만난지 나흘, 결혼한 지 이틀 된 신부가 찰싹 붙어있었는데 팔짱을 낀 것 같기도 했고 부축하는 것처럼 보이기도 하였다. 출국 수속이 진행되는 동안 자신의 팔에 얹힌 작은 손에 크고 두툼한 손을 포갠 아빠는 앞으로 한 달이 무척 길 것임을 예감했다. 일주일 전 덥고 습했던 베트남의 날씨가 맑고 화창하게 다가왔다.

이듬해에 내가 태어났다. 아빠는 완전히 다른 사람이 되었다. 아빠는 자신이 아버지가 된 게 믿기지 않았고, 갑자기 이렇게 행복해도 되나 싶기도 했다. 그 좋아하던 술도 끊고, 하루 종일 일을 해도 피곤한 줄 몰랐을뿐더러 자신의 몸이 불편하다는 사실조차 잊어버렸다. 엄마도 작은 체구지만 큰 탈 없이 아이를 가지고 순산을 할 정도로 건강하였고, 무엇보다 상냥하고 성실하여 거친 환경과 힘든 갯일에 빨리 적응했다. 할머니도 엄마를 복덩이로 여겼다. 수더분한 시어머니 성격 덕분에 고부 갈등을 몰랐고 오히려 딸이 없는 할머니는 엄마를 딸처럼 아끼고 예뻐했다. 아이는 무럭무럭 자랐고 마당에는 언제나 고기가 가득 말려 있었으며 농번기 때 광으로 들어가는 쌀자루가 경운기로 꼬박 두 대나 되었다.

가을걷이가 끝나고 처마에는 추석에 쓸 고기들이 말라가고 있을 때 두 명의 외지인이 집으로 찾아왔다. 한 명은 왜소한 키에 나이가 좀 있어 보이고 다른 이는 젊었는데 뚱뚱한 몸 때문인지 손수건으로 얼굴을 땀을 자주 닦았다. 자기들은 무슨 연구기관 소속인데, 고엽제 피해에 관한 사례를 조사한다고 서울 말씨로 이야기하였다. 그리고는 할아버지의 돌아가시기 전 상태에 대해 이것저것을 물었고 베트남에서의 일에 관해 얘기한 것이 있는지, 그때 사진이 남아있는 지도 물었다. 질문은 주로 나이 많은 사람이 했고 젊은 사람은 녹음을 하면서 틈틈이 적기도 하였다. 그들의 질문은 아주 오래전 일에 관한 것도 있어서 할머니는 멀리까지 기억을 되돌리려 자주 미간을 찌푸려야 했다. 그들은 아빠의 몸 상태에 관하여서도 많은 관심을 보였는데 이따금 알아듣지 못할 어려운 단어를 써가며 자기들끼리 이야기를 주고받았다. 엄마는 그들을 위해 집에서 담근 매실액과 미역귀 말린 것을 내 왔다.

그들이 왔다 간 지 일 년이 좀 지나서 아빠 앞으로 우편물 하나가 날아왔다. 보내는 사람에는 국가보훈처라고 적혀있었다.

'…… 외부기관에 의뢰하여 故 박원득 님의 베트남에서의 행적과 생전 진료기록 등을 면밀히 검토한 결과, 베트남전 당시 광범위하게 살포되었던 고엽제(제품명 : Agent Orange)가 발병 및 사망 원인일 가능성이 충분히 입증되었음을 알려 드립니다. …… 아울러 박동근 님의 선천적 장애 또한 고엽제와 인과관계가 있을 가능성이 농후하나, 2세대 유전에 대한 명확한 의학적 근거가 부족하고, 고엽제 제조사가 이를 부정……'

아빠의 몸을 칭칭 감아 또아리를 틀고 있던 지독한 수수께끼가 산산조각으로 부서지더니 가루가 되어 허공에 흩어졌다.

세 번째 꼬챙이

엄마의 이름은 쯔엉 티 미엔이다. 귀화 후 정지민이라는 한국식 이름으로 개명을 하였지만, 사람들은 지민이라 부르면 자랑스러운 단일민족에 흠집이라도 생기는 듯 꼭 미엔이라 불렀다. 엄마의 고향은 하노이와 호치민의 중간쯤에 있는 꽝응아이성이다. 꽝응아이는 동쪽 해안을 따라 넓은 평야를 끼고 있고 서쪽으로는 산과 언덕이 펼쳐져 바다에서 뜬 해가 산으로 지는 곳이다. 그래서 엄마는 베트남을 떠나 이곳에 처음 왔을 때 언뜻 다시 고향으로 돌아온 착각을 하였고 이후에도 가끔 이곳이 베트남의 고향마을과 헷갈릴 때가 있다. 엄마는 꽝응아이성의 빈호아라는 마을에서 나고 자랐는데 그곳 마을의 아녀자들은 예전부터 아이들에게 이런 자장가를 불러주었다.

"아가야, 이 말을 기억하거라. 한국군들이 우리를 폭탄구덩이에 몰아넣고 다 쏘아 죽였단다. 아가야, 너는 커서도 이 말을 꼭 기억하거라."

나도 어릴 때 이 자장가를 들으며 잠이 들곤 했지만, 가사의 의미는 한참 뒤에야 알게 되었다. 그러나 자장가는 우울한 내용과는 상관없이 그저 엄마의 따스한 품으로만 기억될 뿐이었다. 엄마도 그 시절을 직접 겪지 않았기에 자기와는 다른 세상의 이야기 같다고 했다. 그러나 예전에 내가 학교에 갔다 와서, 베트남에 우리 군인들이 가서 나쁜 사람들과 싸우고 평화를 지키기 위해 노력했다는 것을 배웠는데, 우리 할아버지도 거기 가서 나쁜 놈들과 싸웠다고 손을 들고 발표했다고 엄마에게 자랑스럽게 얘기했을 때, 엄마는 자신이 알던 진실과는 전혀 다른 내용이 아들의 입에서 나와 갑자기 아들이 낯설게 느껴졌다고 했다. 그리고 조금 슬펐다고 했다. '원래부터 거기에는 나쁜 사람들이 없었단다. 순진하고 불쌍한 사람들만 있었지.' 엄마의 말과 표정을 이해할 수 없었다.

엄마는 집집마다 가득 쌓여있는 가난 빼고는 뭐든지 부족한 고향을 떠나 어떻게 해서라도 한국의 도시로 갈 꿈을 키웠는데, 국제결혼은 엄마의 꿈을 이루기에 딱 좋은 방법이었다. 꿈의 반만 이루어졌지만 말이다.

엄마는 본인이 부지런하고 어떠한 상황에서도 긍정적인 면을 발견할 수 있는 강하고 현명한 여자라고 스스로 생각하는 것 같다. 그래서 아빠를 만났다고. 언젠가 엄마한테 많은 맞선남 중에 하필 장애인인 아빠를 선택했는지 물어본 적이 있다.

"눈!"

"눈?"

"눈에 쌍꺼풀이 있는 남자는 아빠밖에 없었어. 제일 젊기도 했고."

내 생각에는 긍정과 현명보다는 그냥 쌍꺼풀 있는 부리부리한 얼굴을 좋아하고 장애인보다 늙은 남자가 더 싫은 엄마의 특이한 취향 때문인 것 같다. 엄마한테 내 의견을 얘기하진 않았다. 아빠의 고향에 신혼살림을 차렸을 때 엄마는 잠깐 실망도 했지만, 시간이 좀 지나고 아이가 태어나면 도시로 나가도록 남편을 설득하면 될 일이라고 자신을 달랬다. 바닷일과 농사는 고향에서의 생활과 비슷해서 금방 적응할 수 있었다, 남편의 어머니도 좋으신 분 같고 무엇보다 친정과 달리 궁핍하지 않은 게 마음에 들었다.

뱃속에 내가 생겼을 때, 아빠처럼 불구로 태어나지 않을까 온 식구가 노심초사하였다. 작은 부정이라도 집 안에 들일까 싶어 엄마를 갯가에는 얼씬도 못 하게 했다. 과일도 제일 실하고 예쁜 것은 항상 엄마 차지였다. 제일 좋았던 것은 근처 큰 도시로 산부인과 검사를 겸한 나들이를 달마다 갈 수 있다는 것이었다. 병원에서 볼일이 끝나면 맛있는 점심을 먹은 뒤, 돌아가는 차 시간 전까지 예쁜 옷과 아기용품 같은 것을 사러 이곳저곳을 돌아다녔다. 팔짱을 끼거나 손을 잡고 아빠의 속도에 맞춰 천천히 도시를 걸으면 장애인 남편과 외국인 아내를 바라보는 따가운 시선과 수군거림 따위는 아무렇지도 않게 무시할 수 있었다. 아빠도 어렸을 때부터 이러한 상황에 익숙해서 행복한 기분만 온전하게 즐겼다. 분만실에서 아이의 팔다리가 온전하게 갖춰진 것을 확인한 엄마는 결혼 후 처음으로 울었다. 갑자기 고향이 그리웠고 외할머니가 사무치게 보고 싶었다. 그동안 누르고 눌러 왔던 울음이라 깊었고 눈물의 농도는 진했다. 그런 마음을 아는지 할머니는 엄마의 등을 쓰다듬어 주었다. 엄마는 할머니의 품에 안겨 한참 동안 조그만 등을 들썩거렸다. 할머니의 앞섶이 축축해졌다.

나는 식구들의 바람대로 건강하게 자랐다. 울음소리는 우렁찼고 젖을 빠는 힘이 셌다. 먹은 만큼 기저귀를 버려냈고 배가 부르면 잠을 잤다. 엄마의 얼굴을 눈동자에 가득 담고서 젖꼭지를 오물거리며 빠는 아기를 보며 생명의 경이로움을 느낀 엄마는 자신의 모든 인생을 이 아이에게 바치리라 다짐을 했다. 그러나 지금 그 다짐은 어디로 갔는지 나만 보면 못 잡아먹어서 안달이다. 아기 때처럼 눈동자에 엄마를 담으려 했다가는 어른을 빤히 쳐다보며 눈을 부라린다고 등짝에 손바닥 자국이 새겨진다. 하루빨리 여기를 떠나서 엄마의 잔소리에서 벗어나기만을 바란다. 그러면 엄마도 예전 다짐이 다시 생각날 것이다.

아빠가 포구 옆 방파제 아래에서 죽은 채로 발견되었을 때 엄마의 나이는 스물여덟이었다. 설 다음 날 새벽, 명절을 개의치 않고 조업을 나가는 부지런한 배에 의해 발견된 아빠는 부표를 건져 올리는 갈고리에 뒷덜미가 낚여 배 위로 올려졌다. 위태롭게 뛰어가는 엄마와 할머니를 따라 영문도 모른 채 포구에 다 달았을 때, 아빠는 축축한 콘크리트에 누워있었다. 흐릿한 그때의 기억 중에서, 엄마 바짓자락 뒤에서 본 하얀 천만 또렷한데 그 색감이 너무 밝아서 눈이 부셨다. 하얀 천을 머리끝까지 덮어쓰고 누운 아빠는 희한하게 장애가 있는 사람 같지 않았다. 아빠를 발견하고 건져 올린 뱃사람들은 조업을 나가는 대신 소주 한 병을 들고 찾아와 누워있는 아빠 곁에 잔을 두고 두 번 절을 올렸다. 그것이 바다에 명줄을 맡긴 사람들의 법도라 했다. 며칠 뒤 마을을 품에 안은 검푸른 산에 계절과 어울리지 않은 꽃으로 치장된 상여가 올라갔다. 나와 엄마는 상여 뒤를 따랐다. 엄마는 내 손을 놓지 않았는데 따뜻해서 빼기가 싫었다. 내 코에는 누런 콧물이 숨을 따라 들락날락했다.

이듬해에도 설은 찾아왔다. 집집마다 고소한 기름 냄새가 담을 넘어 흩어졌다. 골목은 타지로 나갔다가 고향을 찾은 이들의 낯선 차들로 한쪽이 채워졌다. 우리 집도 준비하는 음식은 차이가 나지 않았다. 며칠 전부터 처마에 매달아 놓은 도미, 참가자미, 고등어, 돔베기를 손질하는 엄마의 얼굴에는 표정이 없었다. 할머니는 아들의 제사상을 준비해야 하는 처지를 완전히 받아들이지 못하는지 전을 부치다가도, 탕국을 끓이다가도, 나물을 덖다가도 주먹으로 가슴을 두드리며 어금니 사이로 울음을 뱉어냈다.

아빠가 돌아가시기 전 해 설에는 아빠와 엄마와 함께 베트남의 외갓집에 갔었다. 베트남에도 설을 쇠는데 '뗏'이라고 부른다. 자정 무렵에 마당에 나가서 터트리던 폭죽을 눈을 비비고 일어나 구경하던 것과 아침에 하얀 아오자이를 곱게 차려입고 가족들끼리 나눠 먹던 '반쯩'이라는 떡,

그리고 외할아버지에게 세뱃돈이 담긴 빨간 봉투를 받았던 게 생각난다. 외할머니는 엄마와 웃으며 얘기하다가도 무시로 눈물을 찍어냈다. 외할아버지는 틈만 나면 나를 안아서 무릎 위에 앉히려 했고, 어찌할 바를 몰라 연신 땀을 훔치는 아빠의 등을 조용히 쓸어주었다. 외갓집에는 아직 아빠의 죽음을 알리지 않은 것 같다.

설날 밤, 아침부터 술에 취한 사람들의 목청 좋은 소리로 동네가 왁자지껄했다. 설인데도 사람들의 왕래가 없는 우리 집은 명절 즈음의 들뜬 공기와 훈훈한 바다에 갇힌 어둡고 추운 무인도 같았다. 자정 무렵이 되자 엄마와 할머니는 조용히 제사상을 차렸다. 여덟 살 상주였던 나는, 아홉 살에는 제주가 되어 아빠를 위해 차린 상에 술잔을 올렸다. 멀리서 술 취한 남자의 고함과 앙칼진 여자의 대거리가 엉켜서 들렸고 놀란 개가 짖는 소리도 덩달아 울렸다.

●

어느 때부턴가 마을에는 젊은 사람들을 찾아보기 힘들었다. 늙은 부부가 함께 배를 타고 바다로 나가는 집이 점점 늘어났다. 비교적 크기가 큰 배에는 생김새와 말이 다른 외지인들이 선원들의 자리를 차지하게 되어 포구에는 이방인들의 모습을 어렵지 않게 볼 수 있었다. 엄마가 호안을 만난 것도 이 무렵이었다. 응 우엔 호안은 하노이에서 중학생들을 가르치다 산업연수생으로 한국에 들어왔다. 채낚기 오징어배를 타는 호안에게 먼저 말을 건넨 것은 엄마였다. 공판장에 물건을 떼러 갔다가, 한국 선장에게 혼나는 중에 웃는 얼굴로 굽신거리며 입으로는 베트남어로 욕을 하는 호안을 보고 처음에는 모국어가 반가웠다. 호안 또한 전혀 생각지도 못한 곳에서, 고국의 여자가 살고 있다는 사실이 신기하였다. 그 뒤로 둘은 간간이 공판장에서 포구에서 마주쳤고 인사를 주고받았다. 그러다가 호안이 엄마에게 데이트 신청 비슷한 것을 하였다.

마을은 수족관처럼 좁았고 비밀은 통발의 그물처럼 허술했다. 그리고 소문은 바닷바람처럼 빨랐다. 며느리가 베트남에서 온 남자와 몰래 만난다는 이야기는 할머니의 귀에도 걸렸다. 엄마가 이전하고 좀 다르다는 것은 나도 어렴풋이 눈치채고 있었는데 잠결에 엄마의 자리를 더듬으면 비어있을 때가 더러 있었다. 그리고 엄마가 새벽 공기를 뒤집어쓰고 이불속을 들어와 잠이 잠깐 깼다가 다시 잠들어 꿈인지 현실인지 헷갈렸던 경우가 잦았던 것이다.

할머니는 망측한 소문에 얼굴이 붉어졌다가 곰곰이 생각할수록 마음속이 복잡해졌다. 어린 아들을 키우며 촌구석에서 수절하기에 며느리는 아직 젊고 예뻤다. 엄마같이 딸같이 서로 의지하며 한평생 보내면 된다고 생각했으나 며느리의 생각을 물어본 것은 아니었다. 청상과부의 삶이 얼마나 험한 것인가도 본인의 인생을 통해 잘 알았다. 그래도 섭섭하고 화가 나는 것은 어쩔 수 없는 일이다. 배신감이 바닥에 깔리고 그 위에 겹겹이 쌓인 온갖 감정 때문에 심사가 복잡한 할머니는 며칠 동안 엄마와 눈도 제대로 마주치지 않고 필요할 때가 아니면 말도 섞지 않았다. 엄마도 할머니가 왜 그러는지 대충 감을 잡고 있어서 할머니의 차가워진 행동에 머리만 조아렸다. 할머니와 엄마의 한숨이 천장에 달라붙어 잔뜩 무거워진 집 안 공기 사이에서 눈치를 보느라 내 눈은 생선 눈알이 될 지경이었다. 며칠 뒤, 집을 나선 할머니의 발걸음은 채낚기 배들이 모여있는 곳으로 향했다.

●

등대의 빨간 조명이 규칙적으로 반짝였다. 구판장 옆

전봇대에 매달린 주황빛 가로등 아래에 뿌연 안개비가 비스듬히 분무되었다. 마을의 조명은 그게 다였다. 이런 날은 물색없이 짖어대던 개들도 털이 젖어 체온을 잃을까 개집 안에서 꼬리를 말고 잠을 청한다. 포구에 쉬고 있는 나이 많은 어선들이 삐그덕 삐그덕 신음소리를 내었다. 거실의 시계가 두 번이 울리고 얼마 뒤 현관문이 조심스럽게 열리는 소리가 났다. 모로 누워 잠을 쉬이 이루지 못한 할머니는 조용히 깊은숨을 쉬었다. 베갯잇에 얼룩이 점점 번졌다.

방문을 열고 밖으로 나왔을 때, 감자를 써는 칼질에 맞춰 들썩이는 작은 어깨를 보고선 할머니는 울음을 터트리며 다가가서 등짝을 때렸다.

"아이고, 모질아. 왜 아직 여기 있노. 멍석을 깔아줬는데도……. 왜 니 인생 찾아가지를 못 하노. 아이고, 이 천치 같은 것아."

"……."

"내가 니를 엮더나, 철수가 니 눈을 찌르더나. 니 팔자도 꼬챙이에 꾲혀가 죽을 때까지 얼었다 녹았다 하다가 끝나겠고마. 이 불쌍한 것아."

"어머니… 죄송해요. 씬 로이… 씬 로이……."

일어나자마자 할머니와 엄마가 부둥켜안은 채 울고 있

는 벼락같은 상황에서 내가 할 수 있는 일은 둘 사이를 파고들어 그저 따라 우는 것뿐이었다. 영문은 몰랐지만, 그래도 내 울음소리가 제일 크고 우렁찼다.

볕과 바람

손질이 끝난 것들을 깨끗한 바닷물과 수돗물에 번갈아 헹군 다음 일정한 간격으로 기다란 막대에 걸었다. 꽁치들이 가지런히 걸린 건조대를 조심스럽게 끌고 작업장 밖을 나오니 해의 가장자리가 수평선에 걸려 이글거렸다. 막 올라오고 있는 해는 바다에 농도가 진한 황금 물을 풀고 있었다. 어릴 때부터 수없이 봐온 장면이지만 여전히 넋을 놓고 보게 된다. 마침내 해가 완전히 올라왔을 때, 바람이 잘 통하는 양지바른 곳에 자리를 잡고 건조대 바퀴를 고정했다. 날씨가 잘 받쳐준다면, 오늘 내놓은 꽁치들은 사나흘 후엔 적당히 기름을 품어 먹기 딱 좋은 과메기가 되어 있을 것이다. 그러면 한 번 더 할머니와 엄마의 손을 거쳐 전국 곳곳으로 팔려 간다. 이로써 오늘 내가 할 일은 끝이 났다.

아침을 먹은 후 할머니는 동네 할머니들과 어울려 물질을 나갈 것이다. 요즘은 앞바다에 말똥성게가 많이 나는 철인데 값을 비싸게 받을 수 있어 제법 짭짤한 모양이다. 엄마는 바닷가를 돌아다니며 과메기에 곁들어갈 미역을 긴 대나무 쪽대로 딸 것이다. 나는 부족한 잠을 늘어지게 채운 후, 점심을 차려 먹고 읍내 PC방이나 갈 생각이다.

다음 주는 설날이자 아버지 제사이다. 그다음 주엔 중학교 졸업식이 있고 다음 달에는 옆 도시에 있는 실업계 고등학교에 입학하게 된다. 엄마가 대학은 무조건 가야 한다고 읍내 인문계 고등학교에 보내려는 것을, 요새는 실업계 학교에서 특별전형으로 대학 가는 게 훨씬 유리하다 설득하여 겨우 얻어낸 독립이다. 이미 자취할 방도 학교 근처에 새로 지은 원룸으로 구해 놓았고 이불과 필요한 세간살이도 벌써 들여놨다. 제일 가까운 거리에 있는 이종격투기 체육관의 위치도 카카오맵으로 확인해 두었다. 스승께서 창시하신 극진가라데 도장은 아쉽게도 찾을 수 없었지만, 소나무를 상대로 하던 근본 없는 수련에 비하면 이것으로도 충분히 만족한다. 아직 아무에게도 말하지 않은 인생의 목표가 두 가지 있는데 첫 번째는 어떻게든 오래 살아서 미래의 내 색시는 절대 과부로 만들지 않는 것이고, 두 번째 목표는 이종격투기 선수가 되어 UFC에 진출하는 것이다. 그래서 할머니와 엄마를 호강시켜드리는 소박하지만 원대한 꿈이다.

오삼불고기와 물곰국으로 밥 두 그릇을 후딱 비우고 빵빵해진 배로 이불속으로 들어왔다. 온몸이 뜨뜻해지면서 얼어 있었던 팔다리가 흐물흐물해진다. 주방에서 달그락거리는 소리가 살짝 열린 방문 사이로 들어온다.

"엄마!"

"응?"

"꽁치는 베트남 말로 뭐라 하노?"

"까 투 다오."

"엄마!"

"왜?"

"내 시내로 나갈 때 엄마는 안 따라가고 싶나? 엄마도 도시로 나가 사는 게 꿈이었잖아."

"그라믄 할매는? 덕장하고 농사는 누가 짓고? 엄마는

이제 꿈 접었다."

"엄마! 우리 베트남에 가서 과메기 장사할까?"

"……"

"엄마!"

"또 왜?"

"어릴 때 불러주던 자장가 좀 불러도."

"이놈의 새끼, 엄마 일하는데 귀찮게! 잠 안 오면 엄마하고 미역이나 따러 가든가."

오늘도 선을 못 지켜 한 소리 듣고 말았다. 요즘 덕장에서 작업을 너무 많이 해서 감이 무뎌진 탓이다. 이러다 꽁치 떼에게 포위되어 살점을 마구 뜯기는 악몽을 꾸는 건 아닌지 모르겠다. 눈꺼풀이 무대 위 커튼처럼 고요하게 내려온다. 눈앞이 까맸다가 빨겠다가 다시 까매진다.

작가 노트

첫 소설로 '포항소재문학상'을 받았다. 상을 받는 자리에서 들뜬 기분에 그만 생각지도 않았던 약속이 튀어나와 버렸다.

"계속 소설을 쓰겠으며, 이야기가 있는 포항을 만드는 데 힘을 보태겠습니다."

순간 내 입에서 나온 말이 뾰족한 꼬챙이가 되어 관자놀이를 꿰뚫는 기분이 들었다. 남들은 기억도 못할, 함부로 내뱉은 말을 수습하느라 지금까지 이야기를, 그것도 포항을 소재로만 쓰고 있다. 어쩌다 보니 삶이 소설을 축으로 돌게 되었다. 그리고 당분간(!) 축의 중심은 이 고장이 차지할 것 같다.

세상에 내놓는 다섯 번째 이야기다. 소설을 쓰기 시작한 이후의 시간을 따져봤을 때 참 빈약한 작품 수이다. 유능하지도 않은 데다가 성실하지도 못한 작가임을 인정한다. 단지 지금은 바닷바람과 햇볕 아래 매달려, 기름진 영

감이 맺히기를 기다렸다가 한 편 한 편 꾸역꾸역 엮어내는 것에 만족한다. 작은 욕심 하나를 더하자면, 나의 소설에 극소량의 영양분이라도 들어있어 영혼의 단백질, 오메가3, DHA, 아스파라긴산 따위를 독자들에게 제공했으면 좋겠다. 그리고 이만하면 약속을 지켰다 생각 들 때, 나의 소설에 더 넓은 세상을, 더 많은 사람들의 이야기를 담고 싶다.

운이 좋게도 이번에는 나의 이야기를 훌륭하신 네 분의 작가님 옥고 사이에 끼워 세상에 내놓을 수 있게 되었다. 이 네 분은 그야말로 쌈배추, 물미역, 쪽파, 초장 같은 존재여서 나의 비린내는 덮어주고 쫀득함과 고소함은 살려 주는 귀한 분들이다. 이 자리를 빌려 진심으로 감사의 인사를 전한다.

이야기 속 인물의 이름은 좋아하는 직장동료분들의 이름을 가져다 썼다. 그분들에게도 두고두고 갚아야 할 신세를 졌다.

『전북일보』와 『전북도민일보』 신춘문예에 각각 수필이, 2015년 『불교신문』 신춘문예에 단편소설이 당선되어 작품 활동을 시작했다. 2015년 에스콰이어몽블랑문학상 소설 대상, 2016년 천강문학상 소설 대상을 수상했다. 2018년 아르코문학창작기금을 받았고, 2020년 스마트소설박인성문학상을 수상했다. 소설집 『눈물은 어떻게 존재하는가』, 앤솔러지 『나, 거기 살아』(공저), 『여행시절』(공저)이 있다.

esarang77@hanmail.net

문서정

손가락은
손가락을
모르고

경주 언니는 나에게 아파트 후문에 있는 커피숍으로 오라고 했다. 토요일 아침 9시가 조금 넘은 시간이었다.

"가는 길에 경혜 언니 태워서 같이 갈게. 지금 바로 출발한다."

작은언니인 경주 언니의 목소리는 어딘지 경직되어 있었고 묘한 긴장이 전해졌다. 언니의 말이 이상할 만큼 서늘하게 느껴져 손으로 양팔을 감싸면서 문질렀다. 나는 급히 샤워하고는 냉장고에 있는 계란과 블루베리 잼을 꺼내 샌드위치를 만들고 방울토마토와 딸기를 씻어 식탁 위에 놓았다. 그러곤 아직 자고 있는 남편의 볼에 가볍게 입을 맞추었다. 남편은 깊은 잠에 빠져 꿈쩍도 하지 않았다. 건넛

방에서 자고 있는 초등학교 2학년인 아들 시우의 볼에도 살며시 뽀뽀를 했다. 시우는 자면서도 간지럽다는 듯이 콧잔등을 찌푸렸다. 나는 그 모습이 귀여워 머리카락을 쓸어 넘겨주고 이불자락을 끌어다 배 위에 덮어 주었다.

아파트 후문으로 걸어가면서 남편에게 '언니들이 근처 커피숍에 와 있대. 잠깐 언니들 만나고 올게. 일어나면 시우 아침 좀 챙겨줘.'라는 문자를 보냈다. 토요일 아침부터 언니들이 대체 무슨 일로 나를 찾는 걸까. 아파트 후문으로 가는 길에, 양쪽으로 벚꽃들이 흐드러지게 피어 벚꽃터널을 만들고 있는 아래를 지나며 고개를 갸웃거렸다. 평소 자매들끼리 서로 살갑게 안부를 묻는 사이도 아닌데다 우리 집이 아닌 굳이 커피숍에서 보자고 한 것이 마음에 걸렸다.

오전 10시가 조금 지난 커피숍에는 언니 둘 밖에 없었다. 언니들은 커피숍의 맨 안쪽에 있는 창가에 나란히 앉아 있었다. 나는 언니들이 앉아 있는 테이블로 걸어가며 활짝 웃었다. 언니들은 웃음기가 싹 가신 얼굴로 나를 맞이했다.

"경민아, 손 좀 내밀어봐."

커피숍 의자에 앉자마자 큰언니인 경혜 언니가 목소리를 낮추어 말했다.

"왜?"

"그냥, 손을 내밀어보면 알아."

내 손을 유심히 살피던 경혜 언니의 표정이 어두워졌다.

"혹시…… 오른손 엄지손가락에 이상한 증세 없니?"

경혜 언니가 내 오른손 엄지를 만지기라도 하려는 듯이 내 쪽으로 윗몸을 바짝 당겨 앉았다. 가슴이 철렁 내려앉았다.

"무슨…… 말이야?"

내가 머뭇머뭇 물었다.

"뭐 그렇게 어물대니? 오른손 엄지에 딱딱한 뾰루지 같은 게 생겨서 자꾸 커지고 있지 않아?"

옆에서 듣고만 있던 경주 언니가 답답하다는 듯이 다시 물었을 때 나도 모르게 긴 한 숨이 새어 나왔다. 숨기고 있던 비밀을 들켜버린 듯한 기분이 들었다.

"이가 새로 날 때처럼 간지럽고 시리면서 통증이 있어. 처음엔 뭔지 모르고 막 긁었는데 나무껍질처럼 딱딱해지면서 점점 커지고 있어."

"나도 경혜 언니도 오른손 엄지에 그런 증상이 있어. 나는 크기가 애기들 새끼손가락 만해."

손에 쥐고 있던 차가운 물 컵의 냉기가 순식간에 내 몸

전체로 퍼져나갔다. 나는 손톱으로 오른손 엄지를 불안스럽게 긁었다. 유리컵에 담긴 찬 물을 단숨에 들이키며 경주 언니의 손을 쳐다보았다. 아니나 다를까 경주 언니의 오른쪽 엄지 옆에 제법 큰 뾰루지 같은 게 튀어나와 있었다. 경주 언니가 얼른 왼손으로 오른손 엄지를 감쌌다.

"그럼…… 갑자기 자매 세 명한테 똑같이 이런 증상이 왜 생기는 건데? 지금 모인 김에 다같이 병원에 가보자."

나도 모르게 목소리가 커졌다. 경혜 언니가 대답 대신에 통유리 너머 차도를 바라보았다. 나도 고개를 창밖으로 돌렸다. 구름이 낮게 내려와 있었다. 접이식 우산을 한 손에 들고 지나가는 사람도 보였다. 벚꽃이 보도블록에 그득 떨어져 있었다. 벚꽃은 바람이 불때마다 소르르 눈발처럼 흩날렸다. 지나가는 사람들이 신발 밑창에 꽃잎이 엉기는지 신발을 보도블록에 대고 툭툭 털었다. 경혜 언니가 천천히 입을 뗐다.

"그보다 먼저 오빠부터 만나보자. 오빠도 같은 증상을 보이는지."

"그 인간을 또 보자고? 나는 싫어. 전화로 물어봐도 되잖아. 갈 테면 언니 혼자 가."

경주 언니가 단호하게 말했다.

"직접 내 눈으로 봐야 믿을 수 있겠어. 나는 정말 믿기지가 않아. 어떻게 똑같은 시기에, 똑같은 손가락, 그것도 같은 자리에 뾰루지가 생길 수 있냐고? 우리, 눈으로 확인해보자. 응?"

경혜 언니가 내 동의를 구하듯이 나를 바라보며 말했다. 나는 가만히 고개를 끄덕였다.

경주 언니는 오빠가 사는 경기 광주로 운전을 하면서도 내내 오빠에게 꼭 가야 되겠느냐고 투덜댔다.

"나는 그 인간 엄마 장례식 때 봤을 때 토하고 싶더라. 오빠 결혼식 때 보고 22년 만에 처음 본 거잖아. 그간 얼마나 잘 먹고 잘 살았는지 외양은 번지르르 하더라. 세상 참 웃겨. 꼭 그런 사람들이 잘 산단 말이야. 그 인간, 몇 해 전에 엄마를 어떻게 꾀었는지 엄마 집 팔아서 제 집 사는데 홀라당 넣었잖아. 엄마한테는 13평 아파트를 전세로 구해주고. 올케는 이번에 부장으로 승진하고 조카도 S대 입학했다며?"

"그만해. 오빠는 그냥 자신과 자기 식구만 챙기고 그렇게 살았을 뿐이야. 원가족과 철저하게 분리되고 싶었던 거겠지. 오빠도 열심히 살았으니 그런 결과가 있겠지. 사는 방식이 서로 다르면 안 보면 되는 거야. 그렇게 욕하면 네

힘만 뺏겨."

뒷좌석에 앉은 경혜 언니가 차분한 목소리로 대꾸했다. 조수석에 앉은 나는 이 상황에서 빠지고 싶어 고개를 외틀어 창밖만 바라봤다.

"언니는 언제부터 오빠 편이야? 장례식장에서 계속 자기 무슨 프로젝트 얘기하고, 자기 와이프 해외 연수 6개월 다녀온 거랑, 자기 새끼 과외 많이 안 시켰는데도 S대 합격한 얘기만 했잖아. 자기 얘기만 30분간 떠들었다고. 동생들 어떻게 사는지 물어나 봤냐고? 언니는 그 자리에서 같이 들었으면서도 오빠 편을 드니? 엄마 장례식 때 은오가 오빠한테 왜 그렇게 대들었겠어? 그거 보고도 언니는 그런 말을 해?"

경주 언니가 목울대를 빳빳하게 세우며 말했다. 경혜 언니는 아무 말 없이 조수석 등받이를 손으로 가볍게 톡, 톡 두드렸다. 언니들의 대화를 듣고 있던 나는 안전벨트를 풀고 그만 차에서 내리고 싶었다. 장례식장에서 은오가 목에 핏줄을 돋우며 소리치던 모습이 떠올랐다.

엄마 삼우제를 지낸 후, 다섯 형제가 식당에서 밥을 먹으며 부의금 남은 것과 엄마 집 전세금을 어떻게 처리할 것인지 의논을 할 때였다. 부의금은 남은 금액을 똑같이 나누어 갖자는 의견과 각자 앞으로 들어온 부의금의 비율만큼 나누자는 의견이 팽팽히 맞섰다. 그때 택배 상하차 아르바이트를 하다가 오른쪽 다리를 다쳐 반 깁스를 하고 있는 은오가 식당 테이블을 손바닥으로 탁, 내리치며 일어섰다.

"아무도 이 돈에 손 못 대. 아무도 가질 자격 없어. 형은 22년 동안, 형 집 살 때 엄마에게 딱 한 번 전화 한 일 빼고는 엄마한테 안부 한 번 물어온 적 없었어. 누나들도 평생 엄마를 부끄러워하며 살았잖아. 다들 서울에서 원주까지 얼마나 멀다고 엄마를 자주 보러 오지 않은 거야? 왜 그렇게 엄마가 부끄러웠는데? 엄마가 평생 시장에서 생선 팔아 형과 누나들 공부시켰는데. 왜? 왜? 엄마가 육손인 것도, 생선 장수였다는 것도 다 부끄러웠던 거야?"

은오는 말을 단숨에 뱉고서는 분을 참지 못하겠는지 한동안 거칠게 숨을 몰아쉬었다. 그때 오빠가 벌떡 일어서 테이블 위를 가로질러 가더니 은오의 뺨과 머리를 후려쳤다.

차가 광주 시내로 진입할 때까지 아무도 경주 언니의 말에 대꾸를 하지 않자 언니는 조용히 안정적으로 운전을 했다. 나는 목 베개를 하고서는 등받이에 몸을 기댔다. 막내 은오를 생각하자 숨을 쉴 수 없을 만큼 가슴이 옥죄어 왔다. 은오는 하는 일마다 잘 되지 않았다. 대학도 삼수를 해서 이름도 들어본 적 없는 대학교에 들어갔다. 입사 시험에도 한 백 번쯤 떨어졌다. 작은 회사에 들어가서는 오래 견디지 못하고 이내 나왔다. 아마도 업무 능력이 떨어졌던 모양이었다. 사귀는 여자에게도 번번이 차이는 쪽이었다. 그러나 요양원에 있는 엄마를 자주 찾아가 뵙는 사람도, 요양원에 들를 때마다 간병인 대신 엄마의 기저귀를 갈아 준 사람도 은오였다. 장례식장에서 들짐승처럼 그르렁 거리는 소리를 내며 숨이 넘어가게 운 사람도, 3일 내내 한 순간도 눈을 붙이지 않고 빈소를 지킨 사람도 바로 은오였다.

오빠 집 근처에 도착하자 오후 1시가 지나있었다. 찻집에 들어갔다. 경혜 언니는 소파 등받이에 몸을 기댄 채 눈을 감았다. 경주 언니는 뜨거운 아메리카노를 홀짝이며 휴대전화를 들여다보고 있었다.

오빠는 오른손 엄지에 붕대를 친친 감고 나타났다. 경혜 언니는 오빠의 오른손을 보자 눈을 파르르 떨더니 이내 표정이 어두워졌다. 경주 언니는 찻잔을 들다가 갑자기 테이블 위에 소리 나게 탁 놓았다. 그 소리에 제일 놀란 사람은 바로 경주 언니였다. 이내 미안한 듯이 어깨를 움찔했다. 나는 아무 말을 하지 않았다. 테이블 아래에 있는 두 다리가 뻣뻣해지더니 저려왔다. 서로 애들 안부를 맥락 없이 물었다. 오빠는 따뜻한 레몬차를 주문해 혀를 데지 않으려는 듯이 천천히 마셨다. 넷 다 말이 없었다.

"오빠, 오른손 엄지는 왜 그래? 다친 거예요?"

경주 언니가 당황했는지 반말과 높임말을 섞어 물었다.

"…… 그냥 한 달 전부터 뭐가 자꾸 생기네. 근데 부의금 남은 것하고 엄마 전세금은 입금해준다고 하지 않았어?"

오빠는 돈을 입금해주면 될 것을 왜 굳이 찾아왔느냐고 나무라는 듯이 퉁명스럽게 말했다. 경혜 언니의 표정이 굳어졌다. 곧요. 곧 입금할게요, 하고는 아무 말을 하지 않았다.

"그런데…… 엄마 전세금을 은오한테도 꼭 줘야 할까? 공부시켜주고, 서른이 넘도록 먹여주고 재워줬으면 된 거 아냐?"

오빠가 손에 찻잔을 든 채 말했다. 경주 언니와 나는 서로의 얼굴을 쳐다보며 의아한 표정을 지었다. 경혜 언니는 테이블 위만 빤히 내려다봤다.

"은오는 엄마 자식 아니에요? 은오한테 왜 그러는 거예요?"

경주 언니가 파르르 떨리는 소리로 말했다.

"대체 왜 그래야 하는데요? 왜 은오만 제외시켜요?"

나도 이 번만은 가만히 있을 수 없어 칼칼한 목소리로 따졌다. 오빠는 더 이상 입을 떼지 않았다. 네 사람 사이에 어색한 정적이 흘렀다. 네 사람의 찻잔이 다 비자 오빠는 기다렸다는 듯이 먼저 자리에서 일어서 커피숍을 나갔다. 우리도 뒤따라 나왔다.

차에 타자마자 경혜 언니가 지금 원주로 가자. 은오한테 문자 보낼게, 하며 뭔가 비감한 표정으로 말했다. 오후부터 비가 오려는지 눅진한 바람이 자동차 창으로 들어왔다. 경주 언니는 습도 때문인지 은오에게 가야 되는 상황이 못마땅해서인지 눈살을 찌푸리며 시동을 걸었다. 그렇지만 은오에게 가지 말자는 말은 하지 않았다. 나는 남편한테 다시 문자를 보냈다. '방금 오빠 만나고 은오한테 가는 중이야. 많이 늦을 것 같아. 시우 숙제 좀 봐 줘.' 남편은 무슨 일이냐며 거듭 물었다. '그냥, 가족회의 할 게 있어서. 끝나면 바로 갈게.' 동갑내기인 남편은 뭔가 불안한지 자꾸만 빨리 끝내고 오라고 했다.

경주 언니는 차가 동네를 빠져나와 큰 도로로 진입하자마자 여태껏 간신히 참았다는 듯이 새된 소리로 말을 쏟아냈다.

"개새끼, 커피 값도 안 내고 나갔어. 결국 언니가 내고 나왔잖아. 엄마 집 팔아 제 집 샀으면 됐지, 부의금과 엄마 전세금까지 탐을 내다니!"

경주 언니는 침을 뱉어주고 싶다는 표정으로 말했다. 경혜 언니와 내가 아무 반응이 없어도 경주 언니는 계속 말을 이었다.

"어젯밤에 언니한테서 전화가 왔더라고. 엄마 장례식 치르고 남은 부의금과 엄마 전세금을 다섯 형제 똑같이 나누어서 입금해주겠다고. 계좌번호를 물어보면서 한 달 전부터 오른손 엄지가 아프다고 하기에 나도 그렇다고 말했지. 순간 오싹하더라고. 오른손 엄지에 똑같은 통증이 있으니까. 그래서 내일 아침 일찍 너한테 가보자고 한 거고. 이제 은오만 한 번 확인해보자고. 이게 '순간포착 세상에 이런 일이'에나 나올 뻔한 이야기잖아. 만약 은오까지 그렇다면……."

"제발 잠자코 좀 가자. 단순한 피부병일 수도 있어. 자꾸 커지고 있지만 그냥 딱딱한 부스럼일 뿐이잖아."

경주 언니의 말이 끝나지도 않았는데 경혜 언니가 뒷좌석에서 몸을 곧추 세우더니 못마땅하다는 듯이 뾰족하게 말했다.

"오빠 오른손 엄지에 붕대 감은 거 봤지? 아마 크기가 너무 커서 수술받은 걸 거야."

경주 언니가 고소하다는 어투로 말하고 나서는 키득키득 웃었다.

"네 거도 만만치 않아. 네 것이 오빠 다음으로 클 거야. 그러니 잠자코 가자고!"

나는 조수석에서 아무 소리도 내지 않고 두 눈을 감았다. 밑도 끝도 없는 불안감이 올라왔다. 갑갑해서 숨을 후읍, 하고 크게 여러 번 쉬었다. 나는 엄마가 보고 싶었다. 엄마가 지금 이 모습을 보면 어떤 심정일까, 하는 생각이 들었다. 불현듯 엄마의 그 뒷모습이 환영처럼 떠올랐다.

지난해 봄이었다. 저녁 식사를 끝내고 딸기를 씻고 있는데 휴대전화가 울렸다. 은오의 번호였다. 전화를 받자마자 은오가 안부 인사도 한 마디 없이 '누나, 원주로 좀 내려올 수 있어?'하고 물었다. 손에 들고 있던 접시를 힘없이 조리대 위에 내려놓았다. 엄마에게 무슨 일이 있느냐고 물어보기가 겁이 났다. 엄마의 치매 증상이 더 심해진 걸까, 아니면 다른 문제가 생긴 걸까. 잠시 침묵이 흘렀다. 엄마가 밤마다 잠꼬대를 심하게 해서 같은 병실에 있는 환자들의 불만이 심하대. 잠꼬대를 하는데 거의 반은 욕설이래. 담당 의사가 2인실로라도 옮겨줬으면 하더라고. 경민 누나가 우산을 안 가지고 나갔다고 우산을 갖다 줘야 한다고 밤새 주무시지도 않는 날도 많대. 이젠 아예 정신이 없으신가 봐. 나까지 기억 못할까봐 자주 목이 메어, 하며 은오는 전화기 너머로 훌쩍였다. 나는 그 말을 듣자마자 휴대전화를 쥔 채 그 자리에 털썩 주저앉았다. 엄마를 주말 동안이라도 집으로 잠깐 모시고 올까 해. 혼자서는 감당이 안 될 것 같아. 은오의 말이 끝나자마자 나는 그러겠다고 말했다. 어쩌면…… 엄마는 나를 기다리고 있을지도 모르겠다는 생각이 들었다.

엄마는 요양원의 정원 벤치에 앉아 있었다. 요양원의 규칙상 환자들은 점심시간 때 한 시간 동안만 정원에서 산책을 할 수 있었다. 정원에는 요양보호사 몇 명이 순찰을 돌 듯 걸어 다니고 있었다. 초록 나무들 사이에 가려 흰 바탕에 푸른색의 기하학 무늬들이 촘촘히 박힌 환자복을 입은 엄마는 보일 듯 말 듯했다. 엄마는 환자복 위에 작년에 내가 사 준 남색 카디건을 걸친 채 앞을 바라보며 앉아 있었다. 짧은 커트 아래로 드러난 목이 내 팔뚝만큼도 안 될 만큼 가늘었다. 목은 간신히 머리를 받치고 있다는 생각이 들만큼 불안정해 보였다. 엄마가 매일 정원에 나와 누군가를 기다린다는 말을 은오에게서 듣지 않았다면 주말에 나 혼자 원주로 내려올 생각을 하지 못했을 것이다. 첫 직장 생활을 서울 K은행에서 하고 결혼을 하고 시우를 낳아 키우는 동안 나는 원주에 자주 내려오지 못했다. 시우를 낳은 뒤에 두 번의 자연유산을 하고서는 육아 휴직과 복직을 연달아 두 차례나 하다가 결국 퇴사를 했다. 그러는 사이 나는 나날이 엄마에게서 멀어져 갔다. 그동안 엄마는 점점 몸이 작아지고 가벼워졌다. 노인이 되어 갔다. 엄마는 몇 해

전부터 당뇨합병증으로 입원과 퇴원을 반복하다가 결국 재작년에 치매 판정까지 받고서는 요양원으로 들어왔다.

"엄마."

내가 조용히 엄마를 불렀다. 엄마가 천천히 고개를 들었다. 엄마의 입술이 조금 당겨 올라가는 게 살짝 웃는 것처럼 보였다. 경민이냐? 예. 엄마는 아직까지는 내 이름을 정확히 알고 있었다. 왜 우산도 안 쓰고 왔어? 옷이 다 젖었잖아, 했다. 순간, 가슴 한 군데가 배어 나가는 것 같았다. 나는 눈물을 쏟지 않으려 눈을 크게 떴다. 지금 비가 오지 않아요, 라는 말은 하지 않았다.

"추운데 왜 나와 계세요?"

내가 엄마의 겨드랑이에 양손을 집어넣어 몸을 일으키며 말했다. 엄마는 몸무게가 거의 느껴지지 않을 만큼 가벼웠다. 갑자기 뜨거운 것이 훅 목울대를 건드렸다.

"난 안 들어간다, 안 가. 네 아버지가 올 때 다 됐어. 조금만 더 기다려보자. 그런데 너는 왜 이리 옷이 젖었냐? 그러게 우산을 준비해 갔어야지. 쯔쯔쯧."

나는 아무런 말을 하지 않았다. 아버지는 오지 않는다고, 오래전 우리를 떠났다고, 아니 우리를 버렸다는 말을 차마 할 수 없었다. 엄마의 기억을 어디서부터 제대로 맞추어 드려야 할지 난감했다. 요양 보호사 말로는 엄마는 점심 시간 때에는 식사도 제대로 하지 않고서 매일 여기 나와 계신다고 했다. 두 어 달 됐다는 말과 함께 당뇨병보다는 치매 증상이 더 걱정이라고 덧붙였다. 그러니까 엄마는 두 달 전부터 치매 증상이 더 심해진 것 같았다. 아버지가 이미 30년도 더 전에 돌아가셨다는 사실을 까맣게 잊고 있었다.

광주원주고속도로로 진입하고서는 아무 말 없이 운전만 하던 경주 언니가 혼잣말을 하듯이 툭, 말을 내뱉었다.

"엄마는 40대 중반에 육손이 제거 수술을 세 번에 걸쳐 받았잖아. 다들 기억나지? 근데 우리는 왜 지금 이 여섯 번째 손가락 때문에 난리를 치고 있지?"

"말 그렇게 하지 마. 이게 왜 여섯 번째 손가락이야? 그냥 피부 부스럼일 뿐이라고. 분명 그날 산소에서 뭔가 옮은 것 같아. 옻이 오르는 것처럼 말이야."

경혜 언니가 답을 했다.

"그렇게 부정하면 이 여섯 번째 손가락이 없어질 것 같아? 나는 요즘에서야 엄마의 인생이 이해돼. 이혼하고 보니 온전히 엄마를 이해하겠더라고. 엄마는 우리 다섯 형제를 혼자 어떻게 먹여 살렸는지 몰라. 그리고…… 엄마가 요양원에서 잠꼬대할 때마다 화냥년, 죽일 년, 하며 소리를 내질렀다는 일도 다 이해가 되더라. 남편을 다른 여자한테 빼앗겨 본 사람이면 다 공감 가는 얘기지."

"경주야, 네 엄지 옆에 난 게 우리 거보다 더 큰 거 말이야. 아마 그건 네가 하도 엄마한테 지랄을 많이 해서 그런 걸 거야."

"대체 무슨 말이야? 여기서 왜 지랄병이 나와? 언니라서 봐주는 거야. 경민이가 그랬다면 얄짤없어!"

경주 언니에 대해 한 마디로 말하려고 한다면 나는 아마 번번이 실패할 것이다. 경주 언니는 언니의 부산한 삶만큼 여러 모습을 지니고 있었다. 경주 언니는 뭐든 속도를 내서 하는 일은 잘했다. 운전도 속도감을 즐기는 편이었고, 요리도 청소도 빨리 해치우는 능력이 있었다. 연애도 결혼도 큰언니보다 먼저 했다. 심지어 이혼도 엄마가 모르게 빠르게 해치웠다. 엄마는 돌아가실 때까지 언니가 이혼한 사실을 몰랐다. 생활력이 억척스럽게 강한 면만을 본다면 형제 중 엄마를 가장 많이 닮았다. 길이는 몽땅하고 손톱은 납작하던 엄마의 손가락과 가장 비슷하게 닮은 손가락을 가진 사람도, 엄마처럼 종종 대화 도중에 욕설을 섞어 말하는 사람도 경주 언니였다.

우리 형제는 어릴 때 아무도 옷 타령을 하지 않았지만 경주 언니는 예외였다. 나는 언니들의 옷뿐만이 아니라 은오가 입다가 작아진 옷까지 받아 입었다. 그러나 경주 언니는 새 교복을 사 주지 않는다고, 수학여행 가는 데 새 옷이 필요하다며, 새 참고서가 필요하다며 엄마에게 지랄을 했다. 왜냐면 언니는 진짜로 간질이 난 것처럼 눈을 허옇게 까뒤집고 입에 거품을 물면서 엄마 앞에서 쇼를 했기 때문이다. 언니는 필요한 게 있을 때마다 엄마 앞에서 몸을 좀비처럼 비틀며 뒤로 넘어졌다. 그럴 때마다 엄마는 언제나 저 년, 저 년 또 지랄을 떤다, 하면서 언니 등짝을 후려쳤다. 그런 다음 날이면 경주 언니에게는 새 옷이며 새 교복이며 새 참고서가 떡, 하니 생겼다. 결혼을 할 때도 마찬가지였다. 엄마는 형부가 될 사람이 직업도 변변찮은 데다 사람이 좀 가벼워보인다며 결혼을 반대했다. 그러자 경주 언니는 엄마 앞에서 보란 듯이 까무러쳤다. 옆에서 지켜보던 경혜 언니가 또, 또, 지랄하고 자빠졌네. 엄마, 이번엔 절대 속지 마!, 했다. 그러나 엄마는 이상하게 이번에는 언니의 등짝을 후려치지도 않았고 욕설도 하지 않았다. 평생 한 이

불 덮고 잘 사람을 선택하는 일은 네 몫이지, 하고 말았다. 엄마가 고상한 말을 해가며 쉽게 항복할 줄은 경혜 언니도 나도 몰랐다. 경혜 언니는 그때 처음으로 엄마에게서 어떤 삶의 경륜을 느꼈다고 나중에 고백했다.

나는 경주 언니가 얼굴이 붉으락푸르락해 가지고 내가 근무하던 은행에 찾아왔던 날이 떠올랐다. 그날은 1월 들어 가장 추운 날이었고 퇴근을 앞둔 시간이었다. 언니는 롱패딩 안에 얇은 면 원피스 하나만 달랑 입고 있었다. 양말도 신지 않은 운동화 차림이었다. 평소 패션에 관심이 지대하던 언니의 차림새로는 너무 엉성했다. 심상치 않은 분위기라 근처 식당으로 언니를 먼저 가 있으라고 하고 뒤이어 식당으로 뛰어갔다. 언니는 곱창전골을 시켜놓고 기다리고 있었다. 내가 자리에 앉자마자 언니가 소주를 한 병 시키더니 연거푸 두 잔을 마셨다. 언니는 평소 술을 마시지 않는 사람이었다. 누가 술을 권하면 술 마시는 대신에 노래할게요, 하고 말하는 사람이 언니였다. 언니, 무슨 일 있어? 내가 조심스럽게 묻자 언니는 아무런 말을 하지 않았다. 전골 냄비가 다 비워질 때쯤, 언니는 노래방에 가자고 했다. 노래방에 가자마자 노래를 틀어놓고선 마이크를 잡았다. "야, 이 개새끼야! 이 나쁜 놈아! 이 더러운 놈아!" 언니는 마이크를 들고 노래 대신에 이 말을 반복했다. 그러곤 두 시간 내내 들고 있던 가방을 인형 머리를 쓰다듬듯 쓸어내리며 엄마, 엄마를 부르며 울다가 웃다가 했다. 그날, 언니는 형부가 이혼 서류를 안방 침대에 던져놓고 캐리어 두 개를 들고서 집을 나갔다는 말은 끝내 하지 않았다. 그 사실은 언니가 이혼을 하고도 한참 뒤에야 알게 됐다.

"경민이 너도 같은 생각은 아니지? 경혜 언니가 나한테 괜히 빈정대는 거지?"

노래방 사건을 떠올리고 있는데 갑자기 경주 언니가 훅, 질문을 던졌다.

"언니들, 대체 왜 그래? 좀 그만들 해."

나는 피식 웃었다.

"살다가 이런 일도 겪고 말이야. 대체 뭐가 뭔지 모르겠다. 부끄럽다. 정말."

경혜 언니는 정말 부끄러워서 쥐구멍에라도 숨고 싶다는 말투로 말했다.

"뭐가 부끄럽다는 거야, 뭐가? 내 엄지에 막대기처럼 불쑥 솟아오른 거? 언니가 피부병이라며? 언니가 대학원 다닐 때, 유부남 조교와 연애한 사실보다 이게 더 부끄러워? 새파랗게 젊은 조교 부인이 집에 와서 엄마에게 딸자식 교

육 잘 시키라며 삿대질을 한 일보다도?"

경주 언니가 사납게 대들었다.

"얘가…… 지금…… 무슨 말을 하는 거야?"

경혜 언니가 앙칼지게 소리를 질렀다.

"나도 그 사람이 결혼한 사실을 몰랐다 그랬잖아! 나도 속은 거라고."

"처음 사귈 땐 몰랐고 나중엔 언니도 알았다며?"

"그땐 서로 깊어져 있을 때였고. 근데 너, 지금 뭐 하자는 거니? 언제 적 이야기를? 지금 이게 무슨 경우야?"

차 안 분위기는 서늘하다 못해 냉기가 흘렀다. 휴게소까지는 아직 20킬로미터 남았다. 뒷좌석에 앉은 경혜 언니의 표정이 어떤지는 보지 않아도 알 수 있었다. 고속도로 이정표에 '전방 100m 졸음 쉼터'라는 표지판이 보이자 차 세워. 차 세워!, 하며 경혜 언니가 급하게 소리를 질렀다. 경주 언니가 그곳에 차를 세우자 말자 경혜 언니는 차에서 내렸다. 경혜 언니는 한참을 도로 아래 호수를 향해 가만히 서 있었다. 언니가 깊은 숨을 쉬며 화를 삭이고 있는지, 민망함에 어쩔 줄 몰라하고 있는지, 울고 있는지는 알 수가 없었다. 잠시라도 혼자만의 시간이 필요한 듯해서 따라 내리지 않았다.

경혜 언니는 교육대학원 재학 중에 임용고시를 쳐서 단박에 합격했다. 그해 바로 고등학교로 발령을 받자 가족에게 결혼을 하지 않겠다고 선언했다. 그 이후로 언니는 정말 한 번도 결혼 이야기를 꺼내지 않았다. 남자 친구가 있다는 얘기조차 들은 적이 없었다. 내가 여태 알고 있던 경혜 언니는 한 번도 연애 따위는 해보지 않은 건조한 사람이었다. 언니는 이성적으로 판단해서 적합하지 않거나 마땅하지 않은 일은 거의 하지 않았다. 자매지간이라도 용건 없이 통화하거나 만나는 것을 질색으로 싫어했다. 마흔일곱 살이 될 때까지 혼자 살아온 언니만의 생활 규칙이었다. 언니는 아직도 꽤 미인이었다. 갸름한 얼굴에 쌍꺼풀이 없는 크고 서늘한 눈매를 가졌다. 무엇보다 길고 숱진 머리카락은 누구나 부러워했다. 170cm의 키에 운동으로 다져진 단단한 몸을 가진 언니는 앞으로도 결혼 따위는 하지 않을 것이다. 매년 지금처럼 방학 때마다 해외로 여행을 갈 것이고 명절 연휴 때는 국내 여행을 하겠지. 같은 서울 하늘 아래 살고 있어도 일 년에 한 번 얼굴을 보기도 힘들 것이고, 전화 통화하기도 힘들 것이다. 우리 형제들은 서로에 대해 얼마나 알고 있을까. 서로를 얼마만큼 이해하고 있을까, 라는 생각이 잠시 스치고 지나갔다. 나는 고속도로를 질주하는 차들을 멍하니 바라봤다. 가슴이 갑갑해서 창문을 잠깐 내렸다 올리는 사이 소음이 회오리바람처럼 차 안으로 밀려들어왔다 빠져나갔다. 경혜 언니는 다시 차에 올랐다. 경주 언니도 아무 일 없었던 듯이 운전을 했다. 아까보다 좀 더 속도를 냈다. 계기판의 속도계가 110을 가리켰다. 곧게 끝없이 이어진 고속도로처럼 엄마에 대한 기억이 다시 꿈틀꿈틀 이어졌다.

엄마는 오른손 엄지 옆에 손가락이 하나 더 붙어 있는 육손이였다. 엄마는 남들보다 손가락이 하나 더 많다는 이유로 엄마보다 열한 살이나 많은 아버지와 결혼을 했고, 자주 병석에 눕거나 밖으로만 떠돌던 아버지 대신에 평생을 시장에서 일을 했다. 시장통에서 생미역 장사, 어묵 장사를 거쳐 생선 장사를 육십이 넘어서까지 했다. 엄마는 육손이 제거 수술을 마흔이 넘어서까지도 받지 않았다. 손가락이 하나 부러졌다 해도 마음 놓고 쉴 형편이 못되는데, 수술은 다음에, 다음에, 하며 미뤘다. 수술을 하게 되면 얼마 동안은 오른손을 쓰지 못하게 될 거고 가게는 고사하고 아이들

건사를 못 해서 안 된다고 했다. 오빠와 언니들 성화에 못 이겨 내가 중학교 입학하던 해에야 겨우 육손이 제거 수술을 받았다.

내가 알기로 아버지는 평생 제대로 된 직업을 가져본 적 없었다. 게다가 툭하면 집을 나가 몇 개월 씩 돌아오지 않았다. 어떤 때는 1년이 지나 돌아오기도 했다. 장사하는 친구를 돕는다고도 했고, 한약방에서 일을 한다고도 했고, 어느 지방의 여관에서 카운터를 본다고도 했다.

나는 엄마에게서 나는 냄새가 싫었다. 비릿한 생선 냄새와 생선 내장들이 썩어가는 냄새는 매번 엄마 앞에서 고개를 외틀게 만들었다. 엄마의 체취를 생각만 해도 온몸에 생선 비늘이 돋아날 것 같았다. 학기 초나 운동회 때는 엄마가 학교에 올까봐 아예 학교 일정을 알려주지 않았다. 그러나 그날 일은 두고두고 나를 괴롭혔다.

결혼 일정을 잡기 위해 예비 시부모님과 엄마와의 상견례가 있던 날, 나는 시어른들께 엄마가 갑자기 편찮으셔서 못 나오신다고 거짓말을 했다. 시어른들이 엄마의 거칠고 투박한 손을 볼까 두려워서였다. 혹시라도 이미 잘려나가고 없는 엄마의 여섯 번째 손가락의 흔적을 찾아낼까봐 겁이 났다. 그것보다는 교육공무원인 시아버지와 젊은 시절에 성악가를 꿈꾸었다는 시어머니 앞에 백화점에서 금방 산 옷을 입고 어색한 모습으로 앉아 있을 엄마를 보여드리고 싶지 않았다. 엄마에게는 반대로 예비 시어머니가 다치셔서 상견례는 하지 않기로 했다고 둘러댔다. 혼자 시부모님을 만나고 택시를 타고 집 근처에서 내려 좁은 골목을 걸어 올라갔다. 봄비가 내리고 있었다. 빗줄기는 굵지 않았지만 바람이 세게 불어 코트와 구두는 금세 흠씬 젖었다. 아직 다 피지 못한 꽃잎들이 사정없이 흩어지고 있었다. 놀이터에서 잠시 숨을 골랐다. 골목길 끝에 있는 나무 아래에 누가 보일 듯 말 듯 서 있었다. 내가 있는 위치에서 보면 소실점 아래에 서 있어 아주 작아 보였다. 사람이 아니라 나무와 나무 사이에 드리워져 있는 나무 그림자처럼 보이기도 했다. 엄마였다. 한 손은 우산을 받쳐 들고 다른 한 손은 긴 우산을 쥐고 서 있었다. 언제부터 나를 기다렸던 걸까. 엄마의 얼굴은 젖어 있었다. 아무 말 없이 나무에 기대어 서 있는 엄마는 한 그루 나무처럼 보였다. 나는 엄마에게 이 빗속에서 얼마 동안 나를 기다린 거냐고 묻지 않았다. 어서 집으로 들어가자고 말하지도 않았다. 엄마에게 우산도 받지 않은 채 화난 듯이 발걸음을 퉁퉁거리며 먼저 대문을 열고 들어갔다.

차 내비게이션이 목적지에 도착했다고 알려주었다. 좁다란 골목을 사이에 두고 원룸 건물들이 빼곡히 들어앉아 있었다. 한눈에 봐도 지어진 지 오래된 건물들이었다. 은오가 사는 원룸은 외벽에 건물 이름 한 글자가 떨어져 나가고 없었다. 좁은 골목에 이중 주차를 하고 내렸다. 잿빛으로 변한 하늘은 무겁게 내려앉아 있었다. 현관문을 열어주던 은오의 눈이 둥그렇게 커졌다. 누나들 셋이 갑자기 웬일이야? 이 근처 지나다가 네 생각이 나서 왔지. 급하게 오느라 빈손으로 왔어. 괜찮지? 그럼, 괜찮지. 은오와 경주 언니가 대화를 주고받았다.

"오늘이 엄마 생일이라 온 거 아니었어?"

"오늘이 엄마 생일이야?"

우리 셋은 동시에 소리를 질렀다.

"누나들 셋이 다 온다고 해서 엄마 생일날에 맞춰 엄마 산소에 가려고 오나 싶었지."

은오가 서운한 눈빛으로 우리를 쳐다봤다. 은오가 말을 하는 사이에 나는 은오의 손을 찬찬히 보았다. 별다른 이상이 없어 보였다. 경혜 언니는 넷이 앉자 집이 꽉 차 몸

돌릴 틈도 없는 원룸을 눈으로 살폈다.

“오른손 약손에 낀 반지는 뭐야. 커플 반지야? 어디 손 좀 봐.”

경주 언니가 덥석 은오의 오른손을 잡고서는 반지를 보는 척하며 은오의 엄지를 만졌다. 누나 왜 이래, 징그럽게, 하며 은오가 손을 뺐다. 누나들 저녁 먹고 가. 지금 자장면 시킬까? 은오가 말하자 아니, 아니, 하며 우리 셋은 동시에 손사래를 쳤다. 은오가 일어서더니 깁스한 다리를 끌며 가스레인지 쪽으로 가며 말했다. 라면이라도 끓일게. 먹고 가. 내 집엔 처음 오는 거잖아. 하긴 그랬다. 3년 전에 엄마가 요양원에 입원하고서야 은오는 서른셋의 나이에 독립을 했다. 아무도 은오가 어떻게 사는지 몰랐다. 30대 성인이니깐 당연히 관심조차 가지지 않았다. 엄마가 학교에 오지 않았다고 교실 바닥에 주저앉아 울던 아이, 여자 친구가 생기면 항상 엄마에게 데려와 소개를 시키던 은오. 여자 친구와 헤어질 때마다 엄마 품에 안겨 술주정을 하던 은오. 그럴 때마다 엄마는 너도 네 아버지를 닮아 정에 헤프구나, 하며 은오의 등을 토닥거렸다. 나는 두 언니들 사이에 불편하게 앉아 은오의 뒷모습을 지켜보았다. 이내 은오가 계란과 파를 쏭쏭 썰어 넣은 라면을 내왔다. 면발이 적당히 탱

글탱글했다. 경주 언니와 나는 거의 그릇을 비웠고 경혜 언니는 두어 젓가락만 먹고는 그릇을 물렸다. 경혜 언니가 자리에서 일어서자 우리도 따라 일어났다.

"누나들 벌써 가려고? 그럼, 가기 전에 우리 넷이서 사진 한 번 찍자."

우리가 라면만 먹고 일어서는 게 서운했는지 은오가 사진을 찍자고 말했다.

"우리 네 명이서 같이 찍은 가족사진 없지?"

경주 언니가 손가락으로 머리카락을 쓸어 넘기며 말했다. 경혜 언니는 멋쩍은 표정을 지었다. 누나들, 자연스럽게 웃어, 하며 은오가 휴대전화를 들고서 팔을 앞으로 쭉 뻗었다. 은오는 여러 장의 사진을 찍었고 바로 문자로 보내주었다. 경주 언니가 와, 사진 잘 나왔네, 하며 흡족한 표정으로 말했다. 여기에 엄마와 형도 있었더라면 완벽한 가족사진이 됐을 텐데……. 은오는 사진을 들여다보며 서운한 표정을 지었다. 그때, 경혜 언니가 작은 탁자 위에 통장을 조용히 올려놓았다.

"부의금 남은 것과 엄마 전세금이야. 이거 다 네 거야. 그동안 엄마 모시고 살았잖아."

"그날, 이 돈 내가 받을 자격이 있다는 뜻은 아니었어."

은오는 눈을 내리깐 채 가만히 서 있었다. 그때 경주 언니가 대화에 끼어들었다.

"언니, 한 마디 상의도 없이 뭐야? 다섯 명 똑같이 나누기로 한 거 아니었어? 우리, 말은 좀 똑바로 하자. 은오가 엄마 집에 얹혀 산 거지, 뭘 모시고 살았다는 거야?"

경주 언니가 얼굴이 벌개져서 소리를 쳤다. 경혜 언니가 내게 무슨 말인가를 해보라는 듯, 동의를 구한다는 눈짓을 보냈다. 나는 시선을 바닥으로 떨어뜨린 채 아무 말을 하지 않았다.

이혼한 지 4년이 된 경주 언니는 계약직이든 아르바이트든 가리지 않고 여기저기 일을 하고 있었다. 전 형부가 조카 둘의 양육비만 보내온다고 했다. 그러니 생활비를 벌어야 할 처지였다. 나도 당장 돈이 필요하기는 마찬가지였다. 가을이면 아파트 전세계약이 끝나서 집을 구해야 했다. 아파트 전세 값이 천정부지로 오르고 있는 중이라 가지고 있는 돈으로는 턱없이 부족했다. 나는 경혜 언니와 은오의 눈빛을 피해 어깨에 멘 가방 끈을 만지작거렸다. 그때, 은오가 이마에 새파랗게 힘줄을 드러내며 소리쳤다.

"나, 이 돈 안 받아. 이 돈, 형과 누나들 다 가져!"

은오가 통장과 함께 우리를 현관 밖으로 거칠게 밀어

냈다.

●

자동차를 타고 서울로 오는 동안 셋 다 아무런 말이 없었다. 맞은편에서 오는 자동차들의 불빛에 경주 언니의 옆얼굴이 영화 포스터 속 그로데스크한 여주인공처럼 음울해 보였다. 뒷좌석에서는 어떤 기척도 들리지 않았다. 경주 언니는 바람처럼 차 속력을 내면서 밤의 고속도로를 질주했다. 나는 오른손 엄지가 가려워서 손톱 끝으로 세게 긁었다. 긁으면 긁을수록 더 가려웠다. 피가 나고 있을지도 몰랐다. 그래도 불을 켜서 손가락을 볼 용기는 나지 않았다.

서울 톨게이트로 들어서자 비가 내리기 시작했다. 나는 조수석의 창밖만 무연히 바라봤다. 내가 사는 아파트 단지가 가까워지자 경혜 언니가 입을 열었다. 경민아, 커피 좀 사 올래? 경주 언니가 커피숍 맞은편 갓길에 차를 세웠다. 근린공원 입구였다. 커피를 사려고 차문을 열자 빗소리와 차 소리가 뒤엉켜 들려왔다. 바깥공기를 쐬니 숨통이 트였다. 나는 두 손으로 우산 모양을 만들어 비를 막으며 커피숍으로 달려갔다. 테이크아웃 커피 세 잔을 들고 차에 올랐다. 나는 뺨에다 종이컵을 살짝 갖다 댔다. 따뜻했다. 비를 맞아 차가워진 몸이 조금 데워지는 것 같았다. 각자 커피를 말없이 마셨다.

"은오 말이다. 은오……."

경혜 언니가 뒷말을 머뭇대더니 가방에서 담배를 꺼내 불을 붙였다. 그러자 경주 언니도 차 안 팔걸이 콘솔박스에서 담배를 꺼내 피웠다. 언니들이 차 창문을 조금 내려서 담배 연기를 내뿜었다.

"너희들은 어려서 기억이 나지 않겠지만, 나는 그날 일이 생생하게 기억나. 아버지가 돌아가시고 몇 달 뒤 어느 날 밤에, 엄마가 은오를 데리고 왔어. 은오가 두 살 됐을 때야. 은오는…… 아버지가 밖에서 낳은 아들이야."

"그게 무슨 말이야?"

경주 언니와 내가 동시에 물었다. 경혜 언니는 대답 대신에 말을 이어서 했다.

"오빠는 길길이 뛰었지. 엄마한테 눈을 동그랗게 뜨고서 따지더라. 우리 집에 자리가 어디 있어? 남의 자식 구겨 넣을 자리가 어디 있냐고? 은오를 입양 기관에 보내라고. 왜 아버지가 저지른 일을 엄마가 감당하느냐고. 그때 오빠는 고등학교 1학년이었어. 방학이면 자동차 세차장에서 아르바이트를 했어. 대학 등록금을 마련해야 했으니까."

차 안에 한동안 정적이 흘렀다.

"그래서 오빠는 결혼을 하고는 아예 집에 발길을 끊은 거야? 오빠가 은오 때문에 엄마한테 발길을 끊었다는 게 말이 되냐고? 오빠의 변명이지. 20년 가까이 연락 없던 오빠가 아파트를 산다고 엄마한테 돈을 빌려달라고 한 거는 누가 들어도 얌체 같은 짓이야. 엄마는 아무 말 없이 집을 내놓았다고 하시더라. 이제 생각해보니 엄마는 은오를 거둔다고 오빠와 멀어진 게 미안했던 거였어."

경주 언니는 깊은숨을 몰아쉬며 말을 했다.

"너희 둘 대학 등록금을 오빠가 몇 번 냈다고 하더라. 엄마가 나중에 집 팔면 갚겠다고 하고 오빠한테 빌린 거지."

경혜 언니가 숨을 고르는 듯 크게 숨을 몇 번 들이쉬며 찬찬히 말했다.

"그게 말이 돼? 등록금 몇 번 내 준 돈과 집 판돈의 금액이 같아? 무슨 셈법이 그래? 사채업자보다 더 고약해."

경주 언니가 소리쳤다. 경주 언니의 입에서 침이 튀어나왔다. 나는 집을 판 돈이니 등록금 운운하는 말들을 귓등으로도 듣지 않았다. 내가 떨리는 목소리로 물었다.

"은오는 이 사실을 알고 있어?"

"은오는 몰라. 엄마가 친모인 줄 알고 있지."

경혜 언니가 담담하게 대답했다.

"언니는 정말 지독한 사람이네. 왜 그걸 이제야 말해? 언니와 오빠는 이 사실을 알고도 엄마와 피 한 방울 안 섞인 은오한테 엄마를 맡겼다는 거야? 그게 말이 돼? 엄마가 낳은 자식들이 네 명이나 멀쩡히 살아 있다고!"

경주 언니의 목소리가 차 창문을 뚫고 나갈 듯 거셌다. 경주 언니는 한참 동안 흥분을 참지 못해 씩씩대더니 눈을 꼭 감고서 운전석 등받이 깊숙이 몸을 묻었다. 그러곤 한동안 흐느꼈다. 나는 놀라움과 분노와 배신감에 할 말을 찾지 못했다. 은오가 이복동생이라고는 한 번도 생각해보지 않았다. 여러 가지 생각이 머릿속을 휘젓고 있었지만 조수석의 차 손잡이를 잡은 채 입을 꽉 다물었다. 그때 경주 언니가 혼잣말을 하듯 내뱉었다.

"나는 엄마에 대해서 뭘 알고 있을까⋯⋯ 엄마가 아버지를 밉다고 원망하던 말은 다 거짓말이었을까, 농담이었을까⋯⋯. 은오를 데려다 키우고, 요양원에서 늘 아버지를 기다렸으면서 말이야."

나는 휴대전화를 열어 조금 전 은오가 보내 준 사진을 바라보았다. 사진 속에서는 우리 넷 다 활짝 웃고 있었다.

우리는 서로에 대해서 얼마나 알고 있을까? 엄마가 경주 언니의 이혼 사실을 몰랐듯이, 내가 경혜 언니의 절절한 연애 이야기를 몰랐듯이, 경주 언니와 내가 은오의 출생에 대해 알지 못했듯이, 우리는 서로에 대해 모르는 게 너무 많다는 생각을 했다. 한동안 깊은 정적이 흘렀다. 차들이 어둠을 가르며 우리 옆을 생생 질주했다. 차 창문을 열었다. 빗소리와 차 소리가 섞여 들어왔다. 이 무거운 침묵의 시간을 벗어나려면 내가 차에서 좀 일찍 내려야 할 것 같았다. 비를 맞더라도 집까지 걸어가며 감정을 수습할 시간이 필요했다. 나는 차에서 내렸다. 언니들에게 제대로 된 인사를 하지 못했다. 언니들도 각자의 상념에 빠져 건성으로 작별 인사를 했다. 언니들은 차 머리를 돌려 나갔다.

차에서 내리자 비가 와락 내게 안겼다. 머리를 세차게 적셨다. 봄비인데도 제법 빗줄기가 굵었다. 나는 집을 향해 걸었다. 비를 피할 생각을 하지 않았다. 자꾸만 목이 메었다. 그때, 오른손 엄지 끝에서 맵싸하면서 뭐라 이름 붙일 수도 없는 격렬한 통증이 일었다. 한 번도 느껴보지 못했던 감각이었다. 가로등 아래로 뛰어가 오른손 엄지를 살폈다. 엄지손가락에서 나뭇가지 하나가 돋아나고 있었다. 그것에 싹이 트고 잎사귀가 피어나고 있었다. 그것은, 그것은 순식간에 맹렬하게 뻗어 나오고 있었다. 잎사귀에서 비릿한 생선 냄새가 피어올랐다. 엄마, 엄마…… 얇은 눈꺼풀 속에서 뜨거운 물이 흘러내렸다. 뿌연 눈물 사이로 엄마가 나무 아래 서 있었다. 나무에 몸을 기댄 채 한 손은 우산을 받쳐 들고, 다른 한 손은 긴 우산을 들고서. 속눈썹 사이사이로 눈물이 계속 새어 나왔다. 눈물이 흘러내리기 전에 빗물이 먼저 눈물을 훑었다. 봄비가 온몸을 흠씬 적시고 있었다.

작가
노트

엄마에게

엄마가 돌아가시고야 알았다. 내가 엄마에 대해 아무것도 모른다는 것을. 엄마가 자주 허리를 굽혀 바라보던 키 낮은 꽃은 무엇이었는지. 밀가루 반죽을 밀개로 밀어서 둥글게 말아, 소리도 내지 않고 국수 가락을 만들던 엄마가 좋아한 음식은 무엇이었는지. 아버지와 어떻게 사랑을 시작했는지 모른다는 것을.

엄마를 잃어버리고 나서야 알았다. 내가 엄마에게 당신의 꿈이 무엇이었는지 한 번도 물어보지 않았다는 사실을.

나는 대체 엄마에 대해 무엇을 알고 있을까. 형제들에 대해서도 얼마나 알고 있을까.

내가 엄마에 대해 알고 있는 것은 내 창을 두드리는 빗소리나 서재로 비스듬히 들어오는 햇살을 알고 있는 것만큼, 딱 그만큼이다. 그러면 안 되는 거였다, 그러면. 엄마에 대해 모르면 안 되는 거였다. 엄마에 대해 너무 아는 게 없어 쓸쓸하고 서럽다. 엄마가 아주 오랫동안 병상에 누워 있었다는 사실도, 밤하늘의 별처럼 수많은 기억을 죄다 잃어버려서 이야기를 나눌 수 없었다는 사실도 면죄부가 되지 않는다. 이제야 소리를 내어 운다. 목이 쉬도록 운다.

나는 물론 이 소설 속의 '경민'이 아니고, 엄마는 여섯 번째 손가락을 가진 적도 없고 아버지 대신 생계를 책임지지도 않았다. 그러나 나는 이 소설을 엄마에게 드리는 반성문을 쓰듯 써 내려갔다. 너무 늦게 부치는 반성문을 엄마는 기꺼이 받아 주실까.

서재 창으로 가을의 기미가 느껴지는 선선한 바람이 불어온다. 무심결에 창밖을 바라본다. 어느새 어스름이 내려와 있다. 창 안으로 출렁거리며 들어온 노을이 방바닥에 홍건하다. 내 몸이 발목부터 천천히 붉게 젖어든다. 마치 그때의 엄마처럼.

저물 무렵, 붉은 노을을 등에 지고 집으로 돌아오시던 엄마의 모습이 떠오른다. 엄마의 스웨터가, 얼굴이, 손에 든 과일 봉지가 노을로 발갛게 물들어 있다. 나는 엄마의 손을 잡으려고 손을 내민다. 아무것도 없는 허공이다.

마당에 낙엽이 쌓이고 있다. 이번 주말에는 딸아이의 손을 잡고 엄마에게 다녀와야겠다.

2018년 〈월간문학〉 동화부문 신인상, 2021년 〈경상일보〉 신춘문예 동화부문을 수상했다. 쓴다는 게, 세상에 내놓는 글을 쓴다는 게 늘 괴롭지만 가끔 즐겁다. 은근과 끈기로 읽고 쓴다.

ejhooray@naver.com

전
은

크리미는
크리미해

정확히 열여덟 시간을 근무하고 돌아오는 길이다. 에어컨 바람에 너무 갇혀 있었던 것 같아. 해나는 손부채질을 하던 손으로 이마를 가린다. 골목길을 따라 늘어선 집들은 제 그림자를 다 걷어 들였다. 한 뼘이라도 남은 그늘 덕이라도 보려는 듯 담에 바싹 붙어 걷는다. 유월의 이른 더위도 더위지만 대낮에 집 밖에 나온 것이 얼마 만인지… 햇볕이 적응되지 않는다. 자꾸 휘청댄다.

어젯밤, 점장이 전화했다. 급한 일이 생겼으니 내일 오전 근무를 부탁했다. 간혹 있는 일이다. 해나는 편의점 알바들 중에서 장기 근무자다. 점장은 비교적 한가한(학교 앞이라 오후부터 사람들이 많이 온다) 오전에 매장을 지키는

데 볼일이 있을 때는 해나에게 아쉬운 소리를 했다. 한 번 두 번 사정을 봐주다 보니 점장은 해나를 아예 대타로 여기는 듯했다. 오늘은 목요일이라 물류차가 열두 시 전에 온다. 검수도 해야 하고 진열도 해야 한다. 게다가 오후 알바까지 늦었다. 다들 나한테 너무 하는 거 아냐? 근데 점장은 유휴수당도 챙겨주고 최저 임금도 정확하게 계산해 주고… 오후 알바는 늦은 시간만큼 계산해서 바로 계좌이체 시켜 주고… 다들 비난할 수 없을 만큼만 건전하고 이성적이네. 담장에 바짝 붙어 걷던 해나는 개 짖는 소리에 화들짝 놀라 담에서 떨어진다.

담을 넘은 감나무 가지가 대문 앞까지 감꽃을 쑥쑥 빼놓고 있다. 열쇠 구멍에 열쇠를 끼우기도 전에 문이 열린다. 마당에서 놀고 있던 시후가 해나를 보고 문을 열어주었다. 코로나19 때문에 온라인 수업을 하는 시후는 자주 마당에 나와 논다. 아니 폰 게임을 할 때가 더 많다. 마당에서 와이 파이가 빵빵하게 터지는 데가 옆집 담과 붙어 있는 감나무 아래라 했다. 시후네는 안채의 절반을 사용하고 있다. 아파트 입주 시기에 차질이 생겨 시후와 시후 엄마가 잠시 들어와 산다 했다. 좁은 방 안이 갑갑하다며 한 번씩 나와서 하더니 언제부턴가는 아예 감나무 아래에 자리를 잡았다. 시후 엄마가 피크닉 테이블을 주문했다. 넓지 않은 마당이 꽉 찬 듯했지만 주인아줌마는 어쩐지 그냥 넘어갔다.

해나는 손가락으로 시후 머리카락을 헝클어 주고 가방에서 딸기 샌드위치를 꺼내 준다. 폐기 품목 중에서 몇 개 집어 왔는데 시후가 좋아하는 게 있어 다행이다. 바로 먹어야 해. 다짐을 받고 해나는 계단을 올라간다. 크리미랑 놀아도 돼요? 시후가 해나의 뒤통수에 대고 묻는다. 나중에. 해나는 돌아보지 않고 답한다. 근데 왜 이름이 크리미예요? 맞춰봐. 역시 돌아보지 않고 답하며 올라간다.

계단참에도 감꽃이 몇 개 떨어져 있다. 가만히 보니 노란색도, 흰색도 아닌 애매한 색이었다. 크림색? 해나가 감꽃을 살피고 있는데 크리미가 짖어댄다. 녀석, 엄마 온 줄 아네. 해나는 계단을 두 칸씩 뛰어올라 간다. 아이씨, 빨랫줄은 또 언제 걸었대? 옥탑방은 옥상 공간까지 포함되는 거 아닌가? 해나는 까슬까슬하게 말라가는 이불빨래를 신경질적으로 한쪽으로 밀어붙이고 안으로 들어간다. 현관문을 긁어대던 크리미가 와락 안긴다. 갑갑했지, 바짓가랑이에 달라붙는 크리미를 발끝으로 밀면서 창문을 연다. 소변 패드를 갈고 크리미 사료부터 챙긴다. 편의점에서 가져온 도시락을 작은 상에 올리고 휴대폰으로 '한국인의 밥상' 유튜

브 짤을 재생한다. 남해의 봄날 밥상이라며 죽방멸치 회무침과 도다리쑥국이 올라온다. 식어 빳빳해진 돈가스를 베어 물 때마다 기름이 질척한다. 저 회무침 한 젓가락과 따뜻한 국물 한 숟가락이면…. 도시락 위에서 해나의 젓가락질이 방향을 잃는다.

텔레그램에 메시지가 떴다.

[정말 너니? 아니… 지? 이상한데 다니지 말고. 아무 데나 나서지 말고…. 거기서 지내는 게 네 맘이 편하다면 어쩔 수 없지만… 네 자리로 돌아가야지. 너무 오래 걸리지 않았으면 한다. 어려운 일 있으면 연락하고.]

내 자리? 해나는 들고 있던 젓가락을 탁, 소리 나게 내려놓는다. 크리미가 움찔한다. 크리미를 쓸어주고는 먹다 만 도시락을 대충 닫고 상을 밀어낸다.

해나는 메시지 밑에 아빠가 걸어놓은 링크를 클릭한다. 한 젊은 여자가 다가오는 호송차 앞에 퍼질러 앉아 오열하는 사진이 떴다. 호송차 주변에는 수많은 사람이 피켓을 들고 항의하고 있다. 해나는 엄지와 검지로 사진을 확대해 본다.

언제였지, 해나는 날짜를 어림해 본다. 지난 수요일이었다. J양 양부모의 1차 공판일이었다. J양 사건을 포털 사이트에서 살피던 해나는 온몸에 불이 붙는 것 같았다. 환청이 들리는 것도 같았다. 엄마의 고함소리와 세포 하나하나까지 자극하던 매질 소리까지. 이불을 뒤집어쓰고 며칠을 끙끙 앓았다. 그리곤 검색해서 알아낸 게 남부지법에서 진행될 공판일이었다. 이 년 동안 결근한 적이 없는(월세 내는 날을 지키는 것과 함께 해나가 꼭 지키고자 하는 생활지침이었다) 편의점도 쉬었다. 해나는 어떻게 거기까지 갔는지 기억이 없다. 열 맞춰 서서 피켓을 들고 구호를 외치던 사람들 속에 끼게 되었다. 건네주는 피켓을 들고 구회를 외쳤다.

호송차가 법원 정문으로 들어서는 순간 입을 다물어도 윗니 아랫니가 끊임없이 부딪혔다. 온몸이 떨렸다. 때리지 말아요, 제발. 자신도 모르게 호송차 앞으로 뛰어들었다. 다리에 힘이 빠져 풀썩 주저앉았다. 때리지 말아요, 때리지… 해나는 오열했다. 플래시 소리가 아득하게 들렸다. 어떻게 돌아왔는지 기억이 없다. 단지 그날 이후 숨 막힐 것 같던 고통은 조금 진정되었다.

해나는 포털 사이트에 그날 기사들을 검색한다. 비슷비슷한 사진들이 여기저기에 떠다녔다. 아빠도 아빠였구나. 마스크를 써도 딸은 알아보네. 해나는 씁쓸하게 웃는다.

해나는 아빠가 보낸 메시지를 다시 들여다본다. 엄마와 헤어지고부터 연락은 텔레그램으로만 했다. 해나 휴대폰에 텔레그램 앱을 깔아준 것도 아빠다. 사람은 자기가 하는 일에 영향을 많이 받는다는 걸 아빠를 보며 알았다. 누굴 조사하고 기소하고, 그 과정에서 증거의 중요성을 누구보다도 잘 아는 아빠는 딸과의 연락에도 허투루 하지 않았다. 아마 이혼이라는 흠집을 감추기 위해 더 그런지도 모른다 생각했다. 아빠는 엄마의 죽음에 관해 철저하게 거리를 두는 듯했고 딸과의 연락도 여전히 조심스러워했다.

엄마의 자존심에 자신의 삶을 자살로 마감하는 건 용납이 안 되었을 거야. 자신의 죽음이 가십거리가 되는 걸 엄마는 죽어서도 못 참았을 거야. 아빠의 연락은 엄마의 죽음을 떠올리게 했다. 해나에게 엄마의 죽음은 여전히 말줄임표다.

엄마는 첫 모의고사 결과가 나온 날 원장이랑 통화했다. 기숙학원에 맡기는 게 아니었어! 당장 퇴소시키겠다며 데리러 가겠다 했다. 해나는 담당 선생님에게 소식을 듣고 짐을 챙겼다. SKY반의 불도 꺼졌는데 해나는 쌌던 짐을 풀었다 다시 쌌다 했다. 미련은 없었다. 엄마가 두려울 뿐이었다. 그 지옥으로 들어가긴 싫었다. 신발 끈을 풀어 묶었다. 옷장 가장자리에 고정시켰다. 의자에 올라서서 목을 걸었다. 발로 의자를 차 버리면… 창밖을 내다보았다. 그냥 뛰어내릴까? 육 층에서 떨어져도 죽을 수 있을까? 엄마는 내가 죽으면 슬퍼할까? 해나는 싸 놓은 짐을 보며 생각했다. 전화벨이 울린 건 새벽 두 시가 막 지난 시각이었다.

엄마가 죽었다. 만세를 불러야 하는지 울어야 하는지… 해나는 방바닥에 주저앉아 고모 같은 이모가 울며 달려왔을 때까지 그대로 있었다. 왜 먼저 죽고 그래, 엄마는 다 자기 마음대로야! 병원에서 수습된 엄마의 시신을 마주했을 때 해나는 울부짖었다.

그 밤 엄마는 해나의 기숙학원으로 가는 도로에 있었다. 새벽 한 시가 다 되어가는 시각의 외곽도로에는 차가 뜸했다. 불법유턴 차량이 있었고 엄마는 직진 차선에 있었다. 사고 운전자는 엄마의 차량이 순식간에 나타났다 했다. 이차 사고로 가로수까지 들이받았다 했다. 이십 년 이상 무사고 경력의 엄마가 방어운전도 없었다니. 해나는 확신했다. 사고가 아님을. 피하려면 충분히 피할 수 있었다며 억울해하는 사고 운전자의 해명은 힘을 얻지 못하고 엄마의 죽음은 서둘러 사고로 처리되었다. 경찰서에서 아빠를 본

것도 같았다.

해나가 초등학교 때 엄마와 아빠는 헤어졌다. 누구와 살고 싶은지 물을 때 해나는 울기만 했다. "그럼 아빠하고 살아!" 엄마가 말하는 순간 "엄마랑 살래!" 해나는 엄마를 부둥켜안았다. 무서웠다. 엄마 없이 산다는 건 생각해 본 적이 없었다. 그렇게 해서 해나는 엄마랑 살게 되었다. 그렇다고 아빠가 싫은 건 아니었다. 어쩌면 달콤한 순간은 아빠랑 더 많았던 것 같다.

자신이 원하는 걸 자신의 방식으로 얻어내 본 적이 별로 없던 엄마였다. 강남에서 살고 있었을 뿐이었는데 개발 이익으로 부를 누린 외할아버지 덕에 엄마에게는 많은 것이 그저 주어졌다. 공부도 무난했고 생활도 구김이 없었다. 아빠가 처음이었다. 엄마가 자신의 의지로 뭔가를 차지한 게. 아빠는 개천에서 난 '용'이었다. 엄마는 그놈이 조강지처 같다던 애인에게 달아났다고, 공부하는 자기 대신 어버이날이면 카네이션을 시골집으로 보내곤 하던 년에게 돌아갔다고, 취한 밤이면 자동재생기를 켜놓은 것처럼 하고 또 했다. 해나도 아빠의 여자를 만난 적이 있다. 다정하고 친절했다. 아빠가 엄마를 떠난 이유를 조금은 알 것도 같았다.

엄마의 안테나는 늘 아빠 쪽으로 고정되어 있었다. 아

이가 태어났다든지, 아빠가 승진을 했다든지 할 때면 해나가 다녀야 하는 학원이 하나 더 늘거나 과외 시간이 늘어났다. 엄마는 자신이 정해놓은 목표에 해나가 도달하지 못하면 분노했다. 내가 너 때문에 못 살아. 네가 잘 되어야 엄마도 어깨 좀 펴고 다닐 거 아냐? 공부해, 공부해서 네 아빠에게 보여주란 말이야. 당신 없이도 잘 자랐다고. 처음으로 맞은 날을 또렷하게 기억한다. 사 학년 때였다. 학원 영재반 테스트에서 떨어졌을 때 엄마의 주먹이 얼굴로 날아왔다. 발길질까지. 이러다 죽겠구나, 싶었다. 그렇게 시작된 엄마의 폭력은 점점 심해졌다. 겁이 나서 참고, 엄마가 좀 불쌍해서 참고… 정신을 차린 엄마가 미안해, 미안해, 하며 상처 부위를 어루만지면 모든 게 자기 탓인 것만 같아 참고… 폭력을 피할 방법은 공부를 잘하는 것 밖에 없었다. 그래서 공부만 했다. 미친 듯이 했다.

열심히 한다고 해서 결과가 다 해피 엔딩일 수 없다. 해나가 그랬다. 원하는 대학(물론 엄마의 목표였다)에 가지 못하면서 문제는 더 커졌다. 엄마의 히스테리는 임계점에 도달했고 가끔 다니던 정신과 상담도 도움이 되지 못했다. 스트레스 해소용이라던 투자에 집착했다. 엄마에게 투자 정보를 물어다 주는 사람들이 늘어났다. 돈 냄새는 기막

히게 잘 맡는 부류였다. 정신적으로 힘든 엄마의 돈은 힘이 없었다. 힘을 잃은 엄마의 돈은 정글에서 상처 입은 초식동물처럼 최고의 먹잇감이 되었다. 아무것도 하지 않으면 유지되는 게 아니라 서서히 망할 뿐이라는 게 투자의 정설이라지만 엄마는 가만히 있어야 했다. 엄마의 투자는 '돈 파쇄'의 가장 좋은 예가 되었다. 투자도 더 이상 엄마의 위로가 되지 못했다.

엄마는 해나의 재수를 결정했다. 정확히 말하면 삼수다. 해나는 다시 공부하는 기계가 되고 싶지 않았고 아무것도 되고 싶은 게 없었기에 어떤 대학을 가도 상관없었다. 대학을 가지 않아도 되었다. 하겠다는 의지가 있어야지, 거지 같은 대학 나와서 어떡할래? 엄마는 해나를 못 참아했다. 이모가 중재했다. 좋은 기숙학원이 있다며 소개했다. 해나도 엄마의 그늘에서 벗어날 수 있다는 것, 그것이면 충분했다. 엄마는 미심쩍어하면서도 이모의 제안을 받아들였다. 담당 선생님이 두 손 들만큼 엄마는 해나의 일상을 체크했다. 엄마한테서 놓여난 해나는 창밖을 내다볼 여유 정도는 생겼다. 엄마는 딸의 미세한 변화를 의심했다.

너, 엄마 죽고 나면 엄마가 널 위해 얼마나 애썼는지… 그걸 알면 평생 후회하게 될 거야. 삼수를 위해 해나를 기숙학원으로 데려다주던 차 안에서 엄마는 충고로 가장한 협박을 했다.

해나가 성년이 되는 달에 가상화폐로 오천만 원을 증여해 놓았다는 사실을 엄마가 죽고 나서 알았다. 친절하게 비밀번호며 스무 개나 되는 암호들도 꼼꼼하게 정리해 놓았다. 나노지갑은 복사해 놓은 증여 서류들과 함께 작은 금고에 들어있었다. 그 금고는 해나도 알고 있는 거였다. 이건 네 거야. 아무에게도 보여주면 안 돼. 오랜만에 집에 왔을 때였다. 엄마가 해나 침대 밑으로 금고를 밀어 넣으며 말했다. 금고에는 '강해나만 열람 가능'이라는 빨간색의 경고문도 붙어 있었다. '사랑하는 딸 유학자금'이라는 엄마의 글씨도 보였다. 아빠도 이모도 모르는 일이었다. 알리고 싶지 않았다. 엄마와의 비밀 하나쯤은 간직해야 할 것 같았다.

해나는 철지난 옷가지들을 넣어놓은 여행가방에서 나노지갑을 꺼냈다. 낯익은 엄마 글씨를 가만히 들여다본다. 수십 개의 암호들이 엄마와 자신 사이에 헛돌던 대화처럼 생경하다. 엄마는 나를 사랑한 걸까? 눈앞이 부옇다. 서쪽으로 난 창으로 오후의 햇살이 깊숙하게 들이밀 때까지 그대로 앉아 있었다. 먹다 남은 김치 조각이며 돈가스 소스는

꾸뜩꾸득 하다.

잠자리가 불편했는지 침대를 계속 발로 긁어대던 크리미가 해나 품으로 파고든다. 잘 못 잤지? 크고 튼튼한 침대가 필요한데…. 크리미, 아빠한테 전화해 볼까? 크리미가 쓰던 침대 가져올 수 있는지. 크리미 덕분에 정신을 차린 해나가 휴대폰을 만지작거리다 내려놓는다. 휴대폰을 노려보던 해나가 결심한 듯 전화를 건다. 통화 연결음이 끊길 때까지 기다렸지만 연결되지 않는다. [크리미 때문에… 톡 보면 연락 줘요.] 짧은 문자를 남긴다.

아이스 아메리카노가 간절하다. 봉지커피를 붓고 조각 얼음을 넣는다. 크리미가 커피 잔에 자꾸 혀를 갖다 댄다. 혼자 마시기 미안하다. 어디 보자, 개푸치노 유명한 곳이 있던데. 검색창을 연다. 유명한 건 죄다 성수동에 있네. 후져, 후지다니까! 이 동네엔 펫카페도 하나 없어. 멋지게 차려입은 강아지랑 주인이 펫카페에서 시간을 보내는 사진들을 검지로 휙휙 넘긴다. 크리미, 우리도 가볼까? 정릉에서 성수동까지 가려면… 무슨 기본요금이 팔천 원씩이나? 펫택시 비용을 검색하다 해나는 포기한다. 안 되겠다. 너무 비싸. 엄마가 만들어 줄게. 해나는 멍푸치노 제조법을 검색한다. 유당 영 퍼센트인 락토프리 우유를 큰 용기에 담고 거품기로 우유 거품을 만든다. 적당한 컵에 강아지 전용 우유를 먼저 담고… 파우더와 강아지 전용 시리얼을 올린다… 크리미, 우리 락토프리 우유 사러 갈까? 근데 너 살찌면 안 되는데. 더 자라면 여기서 살 수 없어. 어릴 적 눈에서 하트가 무한정으로 뿜어져 나오던 아빠가 그랬던 것처럼 해나는 크리미의 뒷발을 발등에 올리고 앞발을 잡고선 '크지마라, 크지마라' 하며 방 안을 왔다 갔다 한다.

크리미가 싫어하지만 해나가 좋아하는 체크무늬 옷을 고른다. 크리미에게 옷을 입히느라 진땀이 난다. 큰맘 먹고 산 새 목줄도 꺼낸다. 제대로 차려 입힌 크리미를 보니 흐뭇하다. 밖으로 나온다. 몸통에 꽉 끼는 셔츠 때문에 불편해하던 크리미도 좋아서 풀쩍 뛰어오른다. 시멘트 마당에 물청소를 하고 있던 아줌마와 마주친다.

저… 옥상은 옥탑방 전용 공간 아닌가요? 빨래… 뭐 이런 거 안…

목소리가 자꾸 기어들어간다. 아줌마의 시선을 피해 살랑대는 크리미의 꼬리를 쫓는다.

모처럼 미세 먼지도 없고 해서. 방해 안 되게 한쪽으로 널었는데?

그게 아니라, 법적으로 사적인 공간…

개 언제까지 키울 거야? 잠시 맡은 거라며?

해나는 크리미 목줄을 잡아끌며 서둘러 대문을 열고 나간다.

개털 날리고… 냄새… 짖어….

크리미, 오늘 산책이 길어질 것 같아. 해나는 주인아줌마가 저녁을 먹을 때쯤 살짝 들어와야겠다 생각한다. 집들이 그늘을 드리운 골목길은 낮과 달리 걸을 만했다. 해나는 몇 달 새 훌쩍 커버린 크리미의 힘에 휘청댄다. 자라지 않는 왼쪽 귀 때문에 더 커 보이는 오른쪽 귀를 펄럭이며 크리미가 달린다.

어둑해진 골목을 올라와서 대문을 빼꼼 열었다. 한 발을 들여놓는 순간 주인아줌마와 눈이 딱 마주쳤다. 아줌마는 상추와 깻잎 같은 쌈채소들이 놓인 쟁반을 들고 있다.

무슨 개 산책을 두 시간 넘게 시키고… 학생, 밥 먹고 출근해. 아홉 시까지 출근이지?

해나가 양쪽 검지를 동시에 들어 보인다. 감나무 밑 파라솔 아래서 휴대용 버너 위에 올린 프라이팬에다 삼겹살을 막 올리려던 참이다. 무슨 일이냐는 듯 해나가 시후 엄마를 쳐다본다.

삼겹살 파티! 가든파티라고나 할까? 오늘은 달 근처까지. 내일은 달까지 갈 거야!

시후 엄마는 시후가 휴대폰을 들여다보고 있어도 아무 소리도 하지 않는다.

달까지… 요즘 유행어야? 우리 아들도 그러대. 전에 없이 잔뜩 취해가지고 전화해서는 달까지 가면 엄마한테 아파트 돌려준다고… 다들 무슨 소린지.

주인아줌마는 마늘을 불판 가장자리에 올리며 말한다. 시후 엄마가 테이블을 두드리며 웃는다.

가든파티 냄새가 담을 넘어 골목으로 퍼진다. 쭈뼛하는 해나에게 시후 엄마가 젓가락을 쥐어준다. 해나는 크리미의 목줄을 감나무 가지에 걸고 사료를 내온다. 크리미는 사료를 다 먹고도 테이블 위로 코를 벌렁거린다. 해나도 모처럼 맛있게 먹는다. 밥 먹을 땐 폰 보지 마, 시후 엄마가 경고한다. 시후는 해나와 주인아줌마가 말려줄 거라고 믿는 눈치다. 계속 폰을 본다. 시후 엄마가 삼겹살을 뒤집던 집게를 든 채 시후 등짝을 내리친다. 악, 소리를 내며 시후가 웅크린다. 때리지 말라고! 해나가 벌떡 일어나 시후 엄마의 손목을 비튼다. 주인아줌마도 놀라 얼떨결에 일어선다. 해나는 시후 엄마의 손을 밀치고 눈물이 그렁그렁 한 시후를 안는다. 시발, 때리지 말라고. 아무도 때리지 말라고. 해나가 웅얼한다.

자, 자, 시후도 먹고, 학생도 먹고 , 동생도 앉아. 주인아줌마가 분위기를 정리한다. 시후 엄마가 멋쩍어하며 다시 시후를 다그친다. 그러니까 엄마가 밥 먹을 때는 폰 금지라 했지? 너 수학 문제집 다 풀었어? 가져와봐! 시후가 문제집을 꺼내 온다. 틀린 게 왜 이렇게 많아? 시후 엄마의 목소리가 또 높아진다. 해나가 문제집을 뺏어 들고 가만히 본다. 삼 학년 애한테 뭐 이렇게 어려운 걸 시켜요? 이것도 아동학대라고요. 해나가 쏘아본다. 뭐래? 전에 살던 동네에서는 이런 건 다 해. 그리고 곧 돌아갈 거야. 시후 엄마가 받아친다. 시후야, 누나가 가르쳐 줄게. 해나가 시후를 데리고 안으로 들어간다. 크리미는 마당에 떨어진 감꽃에 입을 댄다. 크리미, 안 돼! 해나가 돌아보며 크리미에게 주의를 준다.

한숨을 내쉬는 시후 엄마에게 주인아줌마가 소주를 따라준다. 시후 엄마는 시후 공부 때문에 이사를 결심했다. 몇 년째 꿈쩍도 안 하던 집값이 갑자기 올랐다. 이 때다 싶어 집을 내놓았다. 순식간에 집이 팔렸다. 그런데 시후네가 들어갈 집은 없었다. 다들 너무 올라버렸다. 그 돈으로 들어갈 수 있는 집은 같은 동에 전혀 수리되지 않은 집뿐이었다. 억울해서 머뭇거리는 순간 그 매물도 사라졌다. 순식간에 집도 없이 벼락 거지가 되어버렸다. 몇 달이면 해결되겠지, 했는데 갈수록 더 어려워졌다. 이제 서울을 벗어나야 할지도 모른다. 시후 엄마는 애써 현실을 부정하고 있다.

엄마, 누나랑 하니까 금방 다 풀었어. 시후가 의기양양하게 문을 열고 나온다. 학생, 공부는 좀 했나 보네. 유명 학원에서 빼낸 경시 문제라 만만찮을 텐데. 시후 엄마는 흡족한 듯 해나를 쳐다본다.

근데 누나, 왜 크리미라 지었어? 털이 크림색이어서?

시후가 낮에 했던 질문의 답을 확인하듯 묻는다.

크리미, 크리미, 하고 자꾸 부르다 보면 기분이 크리미해져. 크림처럼 보들보들.

해나는 시후를 보며 입꼬리를 살짝 올린다.

냉동실에서 꺼냈다는 소주병에서 흘러내리는 물방울을 바라본다. 일정한 형태의 물방울이 일정한 크기가 되면 일정한 경로로 흘러내린다. 그 규칙 같지 않은 규칙을 찾다가 검지에 물방울을 묻혀서 테이블 위에 동그라미를 그린다. 의미 없이 그리던 동그라미가 테이블 위를 점령해 나가자 의미 있는 것처럼 보인다.

크리미. 그만! 아무거나 만지면 안 돼! 해나는 동그라미를 그리다 말고 화단의 흙을 파내던 크리미의 앞발을 잡고 탈탈 턴다. 시후, 게임 그만! 시후 엄마는 돌아보지도 않고 시후를 제지한다.

고기가 모자라네. 고깃값이 올랐나? 시후 엄마가 마지막 고기를 불판에 올린다.

주머니 사정이 여의치 않으면 손도 자꾸 오그라드는 법이지. 참, 학생 있을 때 이거 시켜 먹자.

아줌마는 생각났다는 듯 휴대폰을 뒤적였다.

어머니이이~ 오빠랑 한강에서 치맥 하고 있는데 어머니 생각나서요. 어머니도 치맥하세요. 이 지랄하며 보낸다니까.

주인아줌마는 어울리지 않게 아가씨 흉내를 낸다. 예비 며느리? 시후 엄마가 휴대폰을 들여다본다.

아들놈이 더 해. 제 엄마가 이런 걸로 뭘 시켜 먹을 줄 안다고 생각하는지….

주인아줌마가 해나에게 폰을 건넨다. 기한이 얼마 남지 않은 치킨 쿠폰이었다. 회원 가입해야 해요, 이름? 박미경, 생년월일? 오팔 년 개띠, …뭐가 그래 복잡해? 주인아줌마가 짜증을 낸다. 언니도 문명화가 필요해. 시후 엄마가 낄낄거렸다.

한 사십 분 걸린댔지? 주인아줌마는 뭔가 생각났다는 듯 벌떡 일어나더니 재바르게 테이블 위를 치웠다. 언니, 술이 남았는데 술잔은… 시후 엄마가 술잔을 고수하기도 전에 주인아줌마는 벌써 빈 접시들을 담은 쟁반을 들고 안채로 들어간다. 곧이어 콩나물시루를 들고 나온다. 어휴, 언니. 또 시작했어? 쪽파철 끝나고 손톱 밑이 좀 말개지나 했더니. 이런 집도 있겠다, 뭐가 아쉬워 아파트 청소에 퇴근하고는 채소 다듬기에… 쉴 줄을 몰라. 하여튼 병이야 병, 그것도 아주 고약한 병. 시후 엄마가 한여름 소나기 퍼붓듯 싫은 소리를 한다. 이런 집? 주인아줌마가 피식 웃는다. 주인아줌마는 발이 성긴 도끼 빗으로 콩나물을 한 움큼 잡더니 대가리를 훑어 낸다. 어유, 먹는 걸 빗으로? 시후 엄마가 또 못마땅해한다. 새 거야. 해나는 주인아줌마의 콩나물 대가리 훑는 모습을 '생활의 달인' 보듯 쳐다본다.

언니, 이거 한 시루 따면 얼마나 받아요? 만 원?

그럼 벌써 부자 됐게? 콩나물 한 동이가 얼만데? 주인아줌마가 한심한 듯 시후 엄마를 쳐다본다. 가만있으면 십 원짜리 하나 생기나 봐라. 주인아줌마는 대상이 분명한 말을 한다. 근데 넌 석 달만 있겠다더니 언제 돌아갈 거야? 시후 엄마가 샐쭉해진다. 언닌 죽을 때까지 손에서 일 못 놓을 거야. 난 달라. 지금도 내 코인들은 날 위해 굴러가고 있으니까. 시후 엄마가 반격한다. 시후 엄마는 거래소 화면을 띄워놓고 시황을 확인한다. 언니는 노동소득, 난 금융소득! 시후 엄마가 깔깔거린다.

학생은 코인 안 해? 이십 대는 죄다 한다던데.

해나가 어깨를 살짝 올렸다 내린다.

언제까지 편의점에서 알바하면서 옥탑방에 살래? 복학도 해야 할 거 아냐? 시후 엄마의 목소리가 쨍쨍하다. 지금이라도 들어가. 비트코인, 이더리움, 뭐 이런 건 좋긴 한데 너무 비싸고, 내가 알트들 중에서 떡상 할 것만 찍어줄게. 해나는 엄마가 남겨놓은 증여 증서에서 그런 이름들을 본 것도 같았다. 크리미, 그만 하라니까! 해나가 또 화단을 헤집는 크리미의 앞발을 들어 올린다.

편의점 점주부터 알바들까지 다들 코인 얘기할 때 해나는 외면했다. 코인은 엄마의 최종적인 흔적이었으니까. 용서하지도 용서받지도 않은 상태에서 엄마와 관계된 것은 어떤 것도 건드리고 싶지 않았다.

살던 아파트는 엄마의 투자금이었다. 엄마가 죽자 아파트는 은행 차지가 되었다. 보험금(죽을 줄 알기라도 한 것처럼 보험을 세 개나 더 가입했다고 이모는 고개를 갸웃했다)으로 자잘한 대출금을 다 갚고 나니 외할아버지가 유산으로 물려주었다는 작은 건물 한 채만 남았다. 공동명의였으니 이 거라도 남았지. 엄마의 자산을 정리하던 이모는 혀를 차면서도 안도했다. 행여 자산이 해나를 거쳐 아빠 쪽으로 흘러갈까 은근히 걱정하던 이모였다.

작은 빌라라도 한 채 사줄까? 이모는 엄마 몫을 그렇게 처리하고 싶어 했다. 해나는 아직은 아니라 했다. 그냥 살아보겠다고. 물론 아빠의 도움도 거절했다. 이모는 월세의 절반을 해나 통장으로 넣어주겠다 했다. 해나는 정릉으로 들어오기 전 그 통장도 이모에게 맡겼다. 이모는 어떻게 살려고 그러느냐면서도 통장의 잔고를 확인했다. 매달 입금만 되고 출금된 흔적은 없었다.

시후는 폰 게임에, 시후 엄마는 코인 거래소 화면에, 주인아줌마는 콩나물 대가리에 몰입한다. 해나가 그린 물동그라미가 테이블 위에 어지럽게 펼쳐져 있다. 크리미가 컹컹거렸다. 배달 라이더의 오토바이 소리가 났다. 시후가 대문을 열고 치킨을 받아온다. 주인아줌마는 콩나물을 조금 남긴다. 이따 하려고? 마저 하지, 시후 엄마가 치킨 상자를 열며 말한다. 이거… 뭐… 얼버무리던 아줌마는 다듬지 않은 콩나물을 따로 소쿠리에 담는다.

크리미가 치킨 냄새를 맡고 풀쩍풀쩍 뛴다. 주인아줌마가 알뜰하게 발라낸 닭다리(아니 닭다리 뼈라고 하는 게 더 정확하다)를 크리미에게 던져준다.

안 돼요! 해나가 다급하게 크리미에게서 달려간다. 크리미는 닭다리를 놓지 않는다.

크리미, 내 놔. 안 돼. 엄마 말 들어. 해나가 사정한다.

아이고, 엄마래. 주인아줌마의 혀 차는 소리가 들린다. 어니, 요즘엔 개 한 마리 안 끌고는 산책도 못 나가요. 반려, 짝이 되는. 반려자라 하듯 반려견이라 하잖아요. 지랄, 내가 촌년이라 그런지 개는 밖에서 키워야 한다는 게 내 지론이야. 우리 언니, 서울살이 사십 년도 더 되어 가는데 그 촌스러움은 언제 벗을라나. 그나저나 반려견이라더만 저 학생 개 데려오고부터 낮에 밖에도 나오고 사람 다 됐어. 밤에 그림자처럼 슬며시 나갔다가 아침에 들어와서는 집 밖에 한 번 나오지 않더니 개 데리고 산책도 다니고, 오늘 밥도 같이 먹는 거 봐. 반려견이 맞는 것도 같네. 시후 엄마와 주인아줌마는 치킨을 뜯으며 해나와 크리미를 힐끔거린다.

학생, 그 강아지는 무슨 종이야? 시츄는 아니고 말티즈? 요크셔테리어?

시후 엄마가 아는 체를 한다. 시츄, 말티즈라니, 해나는 헛웃음이 났다.

래브라도 리트리버요.

해나는 시후 엄마가 무안하지 않도록 돌아보며 미소 짓는다.

언니, 완전 멋지다. 이거 대형견이네. 난 작은 애들보다 큰 애들이 좋더라.

시후 엄마는 휴대폰으로 검색한 사진을 주인아줌마에게 보여준다.

아이고, 무서버라. 저 강아지가 이렇게 큰다고?

해나는 아차, 싶었다. 최근에 부쩍 덩치가 커진 크리미 때문에 걱정이었다. 사료도 줄이고 특식으로 주던 강아지 스테이크랑 똥카롱도 끊었다.

선배가 곧 데리러 온댔어요.

해나는 저도 모르게 거짓말부터 했다. 다 커야 이 정도야. 그리고 곧 데려간다잖아. 데려간다잖아. 시후 엄마가 해나를 쳐다보며 눈을 끔벅거린다.

여하튼 언닌 안심이야. 서울에 집 있는 게 어디야?

내 집 아니야. 오빠 거야. 나도 월세 내고 살아. 올케 통장으로 보내면 오빠가 올케 몰래 다시 내 통장으로 입금해

주지만. 이건 완전 비밀이야.

아, 그래서 월세 입금할 때 받는 사람이 박미경이 아니라 최영미였구나. 해나는 매달 입금할 때 확인하던 입금자 이름이 떠올랐다.

그럼 언닌 공짜로 있는 거네. 나한테 매달 받는 돈은 부수입이고.

시후 엄마가 입을 삐죽거린다.

서로 부담되지 않는 선에서 하자며.

주인아줌마가 비밀을 털어놓은 대가를 수습하느라 허둥댄다.

세입자 이름이 강 뭐라 했는데 왜 이모 이름으로 입금되었지… 매달 입금되던 금액도 처음이랑 좀 다른 것 같았는데… 해나는 자신의 통장을 떠올리며 고개를 갸웃한다. 크리미, 그만해. 시후, 폰 꺼. 해나와 시후 엄마가 시간차로 제지한다.

부자 오빠가 이런 집 한 채 쯤은 언니 명의로 해 줄 수 있지 않아? 언니가 오빠 공부 뒷바라지하느라 얼마나 고생했는데. 큰 엄마가 그걸 평생 가슴 아파한 건 시골 동네 사람들은 다 안다고.

시후 엄마도 주인아줌마의 난처한 입장을 편들어 주는

것으로 어색한 상황을 수습한다. 아줌마는 넋두리 같이 혼잣말을 한다.

오빠 뒷바라지로 고생한 건 다 부모 살아계실 때, 온전한 형제 관계일 때만 내밀 수 있는 보증수표 같은 것이었어. 딴 식구 생기면 유효기간은 바로 끝나는 거고. 그나저나 우리 엄마가 날 얼마나 아꼈다고 마음 아파했다는 거야? 난 그저 많은 형제들 중 '얘들아' 중에 하나 일 뿐이었는데. 엄마가 날 사랑한다고 여겼던 기억은 어릴 때 콩잎 반찬 먹을 때뿐이다. 켜켜이 개켜진 콩잎 속에서 고춧가루 양념 안 묻힌, 샛노랗고 하늘하늘한 콩잎 하나를 밥 위에 올려줄 때. 왠지 보호받고 있다는 느낌이 들었지. 그 순간만 또렷해. 그래도 엄마 생각하면 늘 눈물이 나. 살아있을 때 좀 더 잘할 걸 하고. 주인아줌마가 울컥한다.

늘 눈물이 나, 좀 더 잘할 걸 하고… 해나는 주인아줌마의 마지막 두 문장을 천천히 반복한다. 주인아줌마의 콩잎 같은 기억을 찾아내 보려 한다. 낯설고 어렵다.

아파트 당첨되었다 하지 않았어?

시후 엄마가 갑자기 생각났다는 듯 불쑥 묻는다.

그거 아들 줬어. 결혼이 뜨뜻미지근, 진척이 없더만 아파트 명의 이전해 주고 나니 아가씨가 착 달라붙데.

당연하지. 엄청 올랐을 텐데. 시후 엄마가 한숨을 쉰다.

근데 월세도 따박따박 받을 거면서 올케는 왜 언니더러 여기 들어오게 했대?

시후 엄마는 주인아줌마의 올케를 술안주로 끌어들인다.

나 아니면 들어올 사람이 없었어. 반값에 급매로 나온 걸 올케가 덥석 물었지. 올케의 투자 비법이라나. 소문은 사라지기 마련이라며.

주인아줌마의 모호한 대답에 해나도 테이블 앞으로 바짝 몸을 당긴다. 반값으로 내놨으면 소문이라도 대단한 소문이어야 한다. 그 소문이 뭔데, 시후 엄마가 주인아줌마를 재촉한다.

주인이 살ㅎ…

크리미를 쫓아 옆으로 다가온 시후를 보며 말꼬리를 흐린다. 욱, 시후 엄마가 구역질을 한다.

언니, 내가 여기 아니면 당장 갈 데도 없다고 이런 얘기 막 하는 거 아니야?

시후 엄마가 정색하고 따진다.

걱정 마. 전문 청소업체 불러서 청소도 여러 번 했어. 물론 조용히 푸닥거리도 하고. 여하튼 경찰차가 오고 난리가 아니었대. 소문이 나서 세 들어 올 사람이 없었지. 올케가 그러대. 당첨된 아파트는 세놓고 여기 들어와 살라고. 월세는 서로 부담되지 않게 반만 받겠다고.

지랄, 시후 엄마가 주인아줌마처럼 말한다. 당장 오늘 밤부터 어떻게 잠을 자. 구질구질 해. 시후 엄마가 주먹으로 테이블을 내리친다. 해나가 시후를 데리고 안으로 들어간다. 시후를 재우고 나오니 시후 엄마가 코맹맹이 소리를 한다.

언니, 우리 공항 가자. 기분이 거지 같을 땐 공항에 가야 해. 아, 공항 냄새! 라운지에 앉아서 이착륙하는 비행기만 보고 있어도 힐링이 된다고.

지랄, 주인아줌마는 어느새 장아찌용 마늘을 까고 있다. 해나가 나무젓가락을 잘근잘근 부수며 치킨 박스를 만지작거린다. 그냥 두고 올라가. 주인아줌마가 옥탑방 쪽으로 고갯짓을 한다. 크리미, 가자. 해나가 크리미를 안고 서너 계단에 올라섰을 때 "달까지 가자! 이사 가는 거야." 시후 엄마가 기도하듯 두 손을 모으고 있더니 거래소 화면을 연다. 윽, 시후 엄마가 테이블 위로 엎어진다. 긴 파마머리가 출렁한다. 거래소 화면이 온통 파란색이다.

크리미의 발을 닦이고 털을 빗긴다. 무릎 위에 눕혀 귓

밥이 있는지 살핀다. 크리미가 좋아하는 땅콩버터 맛 치약으로 이를 닦이고 나니 녀석이 침대 위로 올라가 눕는다.

낮에 꺼내 두었던 나노지갑이 눈에 들어온다. 크리미를 맡기고 떠난 선임이 하던 대로 암호를 입력한다. 자꾸 오류가 난다. 설명서를 보며 순서대로 다시 진행한다. 몇 번의 시도 끝에 지갑이 열린다. 아무것도 없다. 비트코인도, 이더리움도… 그 암호 같던 숫자들이 하나도 없다. 그놈… 그놈 짓이야!

그놈은 편의점 선임이었다. 물건 진열 방법을 알려준 것도, 폐기물품 활용법을 알려준 것도 다 그였다. 어딘지 모르게 어리버리해서 해나가 경계를 풀었던 사람. 유기견센터에서 봉사한다는 삶의 가치관도 마음을 놓이게 했다. 공짜 코인 챙기는 법도 알려주었다. "오늘 출첵(매일 사이트에 접속하면 일정 코인을 적립해주는 방식)했어요?"는 쉽게 곁을 두지 않는 해나에게 다가오는 그이 방식이었다. 그가 알려준 코인 앱을 깔고 습관처럼 '출첵' 했다. 그런 잡코인들을 모아서 어디다 쓰는지 알지도 못하면서. 선임은 공짜 코인으로 피자도 시켜먹었다며 인증샷을 보여주기도 했다. 몇 달 전 거래소 가입을 권하며 본격적인 투자를 부추겨서 무심코 나노지갑 얘기를 했다. 선임은 눈을 반짝이며 자신도 사려고 하는데 한 번 보고 싶다 했다. 열어봐도 돼? 해나의 대답을 듣기도 전에 설명서를 읽어가며 엄마가 남긴 암호들을 하나씩 미션 수행하듯 풀어갔다. 지갑이 열리자 선임의 입이 쩍 벌어졌다. 비트코인 평단가가 오백? 리플을 이백 원에? 도대체 몇 개야? 일, 십, 백, 천… 손가락으로 ‘,’를 짚어가며 선임은 웅얼거렸다.

갑자기 편의점을 그만둬야 한다 했다. 지방에 좋은 자리가 났는데 크리미를 데려갈 수 없단다. 한쪽 귀가 접힌 크리미는 입양 자체가 불가능해서 안락사시켜야 할지도 모른다 했다. 해나가 크리미를 떠맡지 않을 이유를 찾기 힘들었다. 지방으로 간 선임은 연락이 잘 되지 않았다. 크리미가 아니면 크게 뭐… 해나는 선임과의 관계를 그렇게 정리했다. 그러면서도 여전히 아침 퇴근길엔 공짜 코인방에 ‘출첵’을 하고, 삼십오 원 곱하기 이천 팔백… 모은 코인을 원화로 환산하며 돌아오곤 했다.

다 끝났어. 애초에 현금으로 만져본 적 없으니 실감도 나지 않잖아. 유학 갈 일도 없으니 상관없어.

해나는 꼼짝 않고 드러누워 있다. 아니 손끝 하나 움직일 수 없다. 눈물이 관자놀이를 지나 귓바퀴로 흘러든다.

다 끝났어. 엄마…

작가 노트

지난겨울 '반값 어묵' 사건이 이 소설을 쓰는 계기가 되었다. 살 때마다 가격 때문에 망설이던(나는 늘 사소한 일에 목숨을 건다. 그러다 엉뚱한 데서 크게 한 방 얻어맞는다.) 프리미엄 어묵을 '50% 할인 코너'에서 발견했다. 공돈이라도 주운 것만 같았던 그날의 짜릿함에 나는 겨울 내내 대형마트를 드나들었다. 원하는 어묵을 사지 못 한 날은 다음 날 다시 갔다. 심지어 오전에 갔다가 오후에 다시 간 적도 있고 외투를 바꿔 입고 가기도 했다. 판매원들이 50% 할인만 노리는 '할인 거지'로 볼까 신경이 쓰였다. 마트에서 아르바이트를 했다던 지인의 지인까지 소환해 유통 기한이 다 된 어묵을 '50% 할인 코너'로 내놓는 시간까지 알아보는 치밀함도 보였다.(별 도움이 되진 못했다.) 사실 가족들은 어묵을 별로 좋아하지 않는다. 나도 그렇다. 그렇지만 냉동실에 쟁여둔 반값 프리미엄 어묵을 보면 뿌듯했다. 코로나19로 외출을 삼가면서도 운동을 핑계 삼아 왕복 삼십 분이 더 걸리는 길을 걸어 어묵을 사러 다녔다.

그 길에 해나를 만났고, 어떤 날은 시후 엄마가 되어 악을 쓰기도 했다. 해나 엄마의 어깨를 토닥여 주고픈 날도 있었다. 내 엄마 같은 주인아줌마, 박미경 여사가 나타나면 코를 훌쩍이기도 하고… 그랬다. 사랑이 됐든, 코인이 됐든, 먹고살기 위한 일이 됐든, 어묵이 됐든… 처음은 사소하다. 지나치면 집착이 되기도 한다. 집착은 고약하다. 그 끝을 알면서도 멈추기 어렵다. 찬바람이 불면 나는 또 어묵을 사러 마트의 '반값 할인 코너'를 기웃거릴지도 모른다.

해설_ 안성호

다섯 편의 당신의 가장 중심

내 손가락들 사이로
내 의식의 층층들 사이로
세계는 빠져나갔다[1)]

요즘 나는 소파에 누워 이런 생각을 한다. 최초 신을 발명한 사람이 누구일까. 단 한 번도 경험하지 못한 신을, 어쩌다 무슨 재주로 발명하게 되었을까. 무릇 고대로부터 인간은 경험해보지 못한 것을 상상(지금 우리가 상상할 수 있는 범주를 벗어난 상상을 말한다)하거나 만드는 경우가 없지 않았나.

꽃의 심지는 봄이 되면 죽음까지 타오르[2)]지만 죽은 꽃이 부활하는 것도 아니고, 꽃이 신이 될 수도 없다. 옥수수를 따서 겨우내 처마에 매달아 놓고 봄에 심었더니 싹이 났

1) 최승자 시집 〈빈 배처럼 텅 비어〉 중 일부 인용
2) 최미경 시집 〈저녁 7시에 울다〉 중 일부 인용

다고 해서 태양이 신의 반열에 오르지는 못했을 것이다.

시골에서 벌이나 치면서 하루하루 일기를 따져가며 살아가는 물외문인이 볼 때, 신은 인간의 발명품이 아니라 우리네 몸으로 전승되어 왔다고 생각된다. 우리 몸은 우리가 모르는 많은 것들을 저장하고 또 기억하지 않던가. 우리가 모르는 사실도 우리는 알고 있고, 거의 매일 인지적 속성이 모호한 대상들이 우리를 스치고 지나간다. 우리의 존재는 '빈 배처럼 텅 비어' 있는 게 아니라 전송된 언어의 상자에 갇혀 존재할 뿐이다. 내가 헐렁한 반바지를 입고 이웃 할아버지에게 안녕하세요, 인사를 하면 할아버지는 내 존재와 안녕이라는 단어에 포로가 되어 아주 오랫동안 서 있다. 누적된 언어 속 자신을, 깊은 우울 속 자신을 들여다보는데 시간이 걸리는 것이다. 자신들의 가장 내밀한 개인 방언의 조각들을 교환하면서 사실을 확신시키는 자폐적 주체들만 있을 뿐이다.[3] 그 안에, 그 중심에 나와 당신이 존재한다. 파문을 그리다가 하나의 점이 되어버린, 중심의 나. 어떤 언어로 대신해도 금세 사라져 버릴 나, 나는 전승되어 가는 나를 목격할 것이다.

3) 움베르토 에코 〈칸트와 오리너구리〉 중 일부 인용

숲의 끝에 도착한 으르렁

단 한 번도 입술을 움직여
생각하지 않았던 말의 우물이다.[4]

G는 소설 첫머리에 '안녕, 잘 지내지?'로 말문을 연다. 또 '잘 살아야 해. 보란 듯이 잘 살아줬으면 해'라고 말한다. 이야기는 또 하나의 이야기를 등장시킨다. 작심한 듯 으르렁을 소환한다. 그는 숲의 끝에서 온 아이다. 먹기만 하고, 가끔 으르렁거린다. 그 소리에 송곳니가 찾아온다. 동굴에 있던 사람들은 으르렁을 내보낸다. 으르렁이 떠난 뒤 송곳니는 네 명의 사람을 물고 가버린다. 이제 사람들은 으르렁을 찾아야 한다고 말한다. 후회를 한다.

김강의 소설집 〈우리 언젠가 화성에 가겠지만〉에 실린 단편 소설 '병오가 오는 날'의 병오는 숲의 끝에서 돌아온 '으르렁'이다. 후회들이 축적되었을 만수와 희옥은 병오와 대화를 나눈다. 대화에 가족은 아니지만 가족의 기억이 있다. 집에 대한 동일한 기억이 있으며, 집에 가족의 뿌리

4) 페르난두 페소아 〈불안의 서〉 중 일부 인용

가 있다는 사실만으로 그들은 병오를 가족으로 받아들인다. 놀라운 발상이다. 한 인간이 인간이라면 무엇보다 먼저 사회에 속해 있음으로써 언어적 존재가 되어야 한다.[5] 또 김강의 작품들은 셜리 잭슨의 단편소설인 〈제비뽑기〉와 세상을 보는 관점이 비슷하다. 터부시 되고 고착화된 사회 전반에 저항이다. 동업자에 대한 저항이다.

'지금을 사는 우리도 그러잖아. 별것 아닌데 하필이면 상황이 그래서 누군가에게 밑도 끝도 없이 소리를 치잖아. (중략) 밑도 끝도 없는 비난이 부당하다는 것 깨달을 즈음이면 모두들 아무 일 없었다는 듯 다른 곳을 보고 다른 일을 하고는 하잖아.'

작가는 별 볼일 없이 가벼운 송곳니와 흉터, 숲의 끝 등의 단어로 사회 깊숙이 칼을 찔러 넣는 방식을 알고 있다. 그것도 유쾌하게, 변죽을 울리며, 그것이 실패할 수 없는 장치를 자기 방식으로 만들어 간다. 숲의 끝이 하루키의 세상 끝과 다르고, 송곳니가 영화 〈사라진 시간〉의 이장과도 다르다.

옛날 유럽 뱃사람들은 태평양을 으르렁거리는 바다[6]라

---

5 『쓺』, 2017년 상권, 박준상의 평론 〈보이지 않는 것〉 중 일부 인용

6 다윈 〈비글호 항해기〉 중 일부

고 불렀다. 사람을 집어삼키는 바다라는 뜻이다. 그 후 태평양은 글자 그대로 평화로운 바다로 변했다. 〈으르렁을 찾아서〉에 등장하는 으르렁 또한 다중적 의미를 가진다. 많은 기호를 제시하지만 '모두'이다. 으르렁과 나머지 모두이다. 숲의 끝과 모두이다. 소외와 모두이다. 작가가 만든 소설의 세계는 지도에도 없다. 하지만 이것은 분명 작가의 세계이며, 실존한다. 하기 좋은 말로 상상력 어쩌고 하면서 작가를 가르치려 하면 큰 코 다친다.

소설가 김강은 이발관에서 동네 사람들을 다 면도를 해줬는데 정작 자신을 면도해줄 사람이 없어서 한여름 밤에 동네를 걷고 있다가 집 잃은 개를 데리고 집으로 들어오는 작가이다. 면도야 다음에 해도 되잖겠나.

채굴자의 탄생

너무 크지 않는 나무 주걱을 이용해서
소스의 농도를 측정해 볼 수 있는데
소스에 나무 주걱을 꽂았을 때
똑바로 세워지면 다 된 것이다.[7]

---

7) 제이콥 케네디 〈파스타의 기하학〉 중 일부 인용

〈크리미는 크리미해〉는 요리를 주제로 한 소설이 아니다. 하지만 다 읽은 후 가슴에 나무 주걱 같은 게 딱 서 있는 느낌은 무엇일까. 정확히 열여덟 시간을 근무하고 돌아오는 길이다, 로 시작되는 이 소설은 디지털 사회로 빠르게 편입해 가는 우리 사회의 일면을 그리고 있다.

'마당에서 와이 파이가 빵빵하게 터지는 데가 옆집 담과 붙어 있는 감나무 아래'라는 문장에서 보여주듯 해나에게 집은 의미가 없다. 그에 반해 시후네와 주인아주머니는 다르다. 누군가 살해당한 곳에서 살아남기 위해 최선을 다하는(우리는 누군가의 죽음을 딛고 살아가지 않던가) 우리네 보통의 가족들이다. 부모의 이혼과 엄마의 폭력, 엄마의 죽음으로 환멸과 무력감에 빠져 있는 그녀는 죽음과 자신의 미래가 나노 지갑에 저장되어 있고, 암호로 봉인되어 있다는 사실을 자각한다.

그러나 인간은 소문과도 같은 인간을 만드는 재주가 있다. 마른땅에서 낚시를 하듯 이 도시를 떠돌던 사람, 채굴자가 탄생한다. 이 채굴자가 해나의 미래를 채굴해 간다. 결국 해나는 점집의 빨간 깃대같이 솟은 와이 파이 존(신의 묵도 하에) 아래에서, 빈털터리가 된다. 이에 그녀는 '애초에 현금으로 만져본 적 없으니 실감도 나지 않잖아'라고 말

한다. 그녀에게 약속된 미래란 공허한 현재의 연장인 미래 밖엔 없는 것이다.[8]

〈크리미는 크리미해〉는 시간과 공간이 액체괴물처럼 자유자재로 생성되는 디지털사회를 잘 형상하고 있다. 자연스럽다. 컴퓨터가 스스로 경계 없는 제국을 만들고 무한한 자연을 형성하려 한다[9]는 대전제를 한 편의 소설로 훌륭하게 그려냈다.

문장을 만들어 가는 능력도 탁월하다. 단단하게 이야기를 만들어 가는 재주가 있다. 두터워질 수밖에 없는 과거를 현실 속에 아주 잘 배치했다. 특히 죽은 엄마와 살아 있는 시후 엄마를 연결시켜놓은 것과 지금의 해나와 어린 시후를 일직선에 놓은 것은 작가의 글쓰기 경륜을 엿볼 수 있다. 그리고 '언니 우리 공항 가자'는 대목에서 나는 박수를 쳤다.

---

8) 복도훈 〈묵시록의 네 기사〉 중 일부 인용

9) 〈한국문학의 가능성〉 중 우찬제 평론 '경계를 넘어서' 일부 인용

바다에 명줄을 맡긴 사람들의 팔자

아버지가 죽은 방에서
늙은 어머니가 가을 이불을 꾸민다.[10)]

소설 <관목貫目>은 이불에서부터 시작된다. 소설 <관목>은 날카롭다. 문장마다 소금이 뿌려져 있다. 문장마다 생선 비늘이 반짝인다. 숨을 들이쉬니 소금기 먹은 새벽 공기가 폐 안에서 눈처럼 뭉쳐지는 기분이다, 라는 대목에서 나는 담배 한 대를 피웠다. 이 소설은 시적 언술의 맛집이다.

'관목'은 말린 청어이다. 우리가 먹는 과메기는 칼로 꽁치를 잡아 배를 가르고 꼬챙이에 껴서 바람에 말린다. 김도일 작가의 소설 <관목>은 자신의 증조할아버지부터 할아버지, 아버지, 그리고 어머니까지 꼬챙이에 걸고 일찌감치 자신의 아가미도 벌려 놓은 상태다.

작가는 이 소설에 몇 개의 알고리즘 장치를 만들어 놓았다. 그 첫 번째가 바다이다. 눈두덩이는 늘 다시마 색깔이었고 입술은 부어서 개불 같았다, 이러다가 빨갱이는 코

10) 박형준 시집 <생각날 때마다 울었다> 중 시 '가을 이불' 중 일부 인용

빼기도 못 본채 바다 위에서 누렇게 떠 죽을 것만 같은 예감으로 일주일을 보낸 후에야 저 멀리 희미하게 육지가 보였다, 조업을 나가는 부지런한 배에 의해 발견된 아빠는 부표를 건져 올리는 갈고리에 뒷덜미가 낚여 배 위로 올려졌다.

이 세 개의 문장만 봐도 바다는 가족의 조상弔喪이다. 바닷가에서 태어나서, 바다를 건너 베트남으로 돈을 벌기 위해 떠났다가 그 자식은 베트남에서 얻어온 병으로 인해 바다에서 생을 끝낸다.

두 번째가 베트남이다. 할아버지의 베트남 전쟁 참전과 고엽제 피해로 베트남 여인과 결혼을 했던 아버지, 그리고 나(철수). 이 이야기는 쳇바퀴 돌듯 바다와 베트남으로 이어진다. 끝없는 '악몽'의 수레바퀴를 굴리는 역사인 것이다. 이 수레바퀴를 세우기 위해 철수가 최배달의 제자가 되었는지도 모른다.

이 소설은 짙은 사회성을 가질 수밖에 없다. '아픈 사람은 아프다고 이야기할 수 있어야 한다'고 온몸으로 외치다가 죽은 핵의 아이 김형률의 삶이 요사이 회자되는 걸 보더라도 소설 〈관목〉은 한국 근현대사에 비중 있는 이야기이다. 결코 쉬운 작업이 아니다. 작가가 발설해버린, '팔자'로 모든 것을 덮을 수 없다는 걸 작가도 잘 알고 있다.

'마을은 수족관처럼 좁았고 비밀은 통발의 그물처럼 허술했다. 그리고 소문은 바닷바람처럼 빨랐다.'

나는 문장 지상주의자가 아니다. 하지만 이런 문장을 보자면 점자책을 읽듯 손끝으로 문장을 따라가 본다. 끝까지 비극을 들추지 않은 채 담담하게, 마치 그림을 그리듯 이야기를 만들어 가는 솜씨가 장인이라고 말하지 않을 수 없다. 선무당 같은 말이지만, 작가의 이름에서 날카로운 칼의 기운이 느껴질 때부터 독후 상처를 예감했다.

수국을 둘러싼
아주 긴 페루 산 피아노

그는 삶 깊숙한 곳에 숨겨져 있는,
황혼의 순간 문득 다가와
모든 것을 환하게 밝혀줄 그런 행복의 가능성을
은근히 믿고 있었다.[11]

로맹 가리의 소설을 인용하지 않더라도 우리에게 페루는 절망과 희망이 무한 반복되는 곳이다.

---

11) 로맹 가리 〈새들은 페루에 가서 죽다〉 중 일부

소설에 등장하는 두 사람은 긴 바다와 높은 안데스 산맥, 그믐이면 도둑들이 활개 치는, 죽은 나무들이 떠내려오고, 계곡으로 온갖 돌들이 조각조각 바다로 떠내려가는 곳에서 만난 인연이 있다. 그리고 다시 한국에서 만난다. 만나서 서로의 연인에 대해 이야기를 나눈다. 이야기를 나누고 징검다리를 건너는 장면에서 어쩌면 그들은 동일한 시간과 공간이 멈춰 있는 것 같은 착각에 빠진다.

다시 페루로 돌아가려는 우지은, 현우와 헤어지고 지방에서 큐레이터를 하는 늘봄, 그리고 늘봄의 고향 집 마당에 기억으로 묻혀버린 현우. 이들은 각기 다른 이처럼 보이지만 어떤 선으로 연결된 같은 사람일 수 있고, 동시에 각기 다른 사람일 수 있다. 그래서 작가는 이들이 과거 할머니와 어머니의 삶처럼 인연된 것들은 죄다 수국 밑으로 지워진다고 믿는다.

〈수국은 거짓말을 하지 않아〉는 프랑스 영화 '베로니카의 이중생활'을 떠올리게 한다. 서로에 대한 존재를 모르지만 어렴풋 서로 비슷한 감정을 가지는 두 여자 이야기다. 이런 느낌을 받는 것은 소설에 등장하는 사람들이 동질의 감정을 공유하고 있다.

그리고 〈수국은 거짓말을 하지 않아〉는 두 도시 이

야기를 하고 있다. 세상을 수국으로 덮어버린 그림의 작가 아리수에뇨가 사는 페루 리마, 그리고 빨간 수국이 자라고 할머니와 어머니가 사는 (막대사탕처럼 생긴) 시골 마을.

작가는 두 도시와 두 여자를 겹쳐 보이게 배치했다. 계속 내 몸을 통해 그들의 존재를 전승시켜 내야 하는 것처럼, 작가는 두 이야기를 겹쳐 놓았다.

이 소설을 읽은 뒤 나는 에르네스토 아리수에뇨Ernesto Arrisueño의 작품을 찾아봤다. 보라색 수국, 고동 여인, 넓은 해바라기 밭, 긴 피아노 등의 작품을 구경했다. 우먼카인드 잡지도 찾아봤다. 나 같이 엉덩이가 무거운 독자를 낯선 곳으로 인도해준 것에 고마움을 표한다.

생살을 찢고 나온 부끄러움

씹던 껌같이 늘어진 엄마의 膣 속에서도
지금껏 우리 오그려 살았어요
크악크악 뱉어내던 가래침 속에
지금거리던 모래 알갱이들, 그게 바로 우리였어요
(텅, 텅, 텅)[12]

---

12) 김민정 시집 <날으는 고슴도치아가씨> 중 '마지막 舌戰' 일부 인용

소설은 서사다. 문서정 작가의 <손가락은 손가락을 모르고>는 서사로 꽉 차 있다. 마치 모래 알갱이들이 서로를 비집고 들어가서 모든 틈을 매운 것 마냥 조밀하다. 그래서 펴자마자 금세 읽어버렸다.

몸의 변화에서 시작된 이 소설은 덩어리의 실체가 가족 구성원들의 존재 형태로 발전되고, 존재하는 규칙들 속에서 마침내 존재하는 것을 시인할 수밖에 없는 물증으로 여섯 개의 손가락 중 하나 육손을 가리킨다.

엄마 생일날, 엄지손가락에 막대기처럼 뭔가 불쑥 솟아오르자 가족들이 모이게 되고, 가족들의 민낯이 하나 둘 드러나기 시작한다. 그렇게 부정하고 싶었던 엄마의 육손, 이 육손 탓에 엄마의 인생이 이해되기 시작했다. 그러면서 그들은 각자 엄마와 얽힌 이야기들을 하게 되고 각자 숨겨놓았던 비밀들 역시 하나씩 드러나게 된다.

경주 언니는 형부가 이혼 서류를 안방 침대에 던져놓고 캐리어 두 개를 들고서 집을 나갔고, 경혜 언니는 대학원 다닐 때 유부남 조교와 연애를 했고, 오빠는 아파트를 산다며 엄마에게서 돈을 빌렸고, 은오는 아버지가 밖에서 낳아 데리고 온 아들이며, 엄마는 당뇨합병증에 치매 판정까지 받고는 세상을 등졌다.

이 소설은 서사에 기반 한 가족사 이야기다. 어느 집이나 비슷한 이야기들이 있다. 가족이라는 공동체가 다져놓은 침묵이 깨지는 과정에 공감하는 바가 크다.

'가로등 아래로 뛰어가 오른손 엄지를 살폈다. 엄지손가락 옆에 나뭇가지 하나가 돋아나고 있었다. 그것에 싹이 트고 잎사귀가 피어나고 있었다. 그것은, 그것은 순식간에 맹렬하게 뻗어 나오고 있었다.'

이 나무가 뼈가 되고 살이 되어
나무에 청어들이 열리고,
숲의 끝에서 이 나무 한 그루를 끌어안고 살아가는 으르렁이
알파카 한 마리를 데리고 온 해나를 만난다.

안성호
2002년 실천문학 신인상(단편소설 부문), 2004년 『경향신문』 신춘문예(시 부문)를 통해 등단했다. 소설집 『때론 아내의 방에 나와 닮은 도둑이 든다』 『누가 말렝을 죽였는가』 『움직이는 모래』, 장편소설 『마리, 사육사, 그리고 신부』 『달수들』 등이 있다.

당신의 가장 중심

1판 1쇄 발행 2021년 9월 15일
1판 2쇄 발행 2021년 11월 1일

지은이 강이라 김강 김도일 문서정 전은

펴낸이 안성호 | 편집 이준경 조현진 | 디자인 이보옥
펴낸곳 리잼 | 출판등록 2005년 8월 9일 제 313-2005-000176호
주소 05307 서울시 강동구 상암로 167, 7층 702호
대표전화 02-719-6868 팩스 02-719-6262
홈페이지 www.rejam.co.kr 전자우편 iezzb@hanmail.net

ISBN 979-11-87643-91-3(03810)